Bianca

SU AMANTE DEL DESIERTO

Annie West

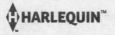

HARLEQUIN™

Editado por Harlequin Ibérica.
Una división de HarperCollins Ibérica, S.A.
Núñez de Balboa, 56
28001 Madrid

© 2019 Annie West
© 2020 Harlequin Ibérica, una división de HarperCollins Ibérica, S.A.
Su amante del desierto, n.º 2751 - 8.1.20
Título original: Sheikh's Royal Baby Revelation
Publicada originalmente por Harlequin Enterprises, Ltd.

I.S.B.N.: 978-84-1328-771-3
Depósito legal: M-35808-2019
Impreso en España por: BLACK PRINT
Fecha impresion para Argentina: 6.7.20
Distribuidor exclusivo para España: LOGISTA
Distribuidor para México: Distibuidora Intermex, S.A. de C.V.
Distribuidores para Argentina: Interior, DGP, S.A. Alvarado 2118.
Cap. Fed./Buenos Aires y Gran Buenos Aires, VACCARO HNOS.

MIXTO
Papel procedente de
fuentes responsables
FSC® C108412

Este libro ha sido impreso con papel procedente de fuentes certificadas según el estándar FSC, para asegurar una gestión
responsable de los bosques.

Capítulo 1

EL GOLPE de una puerta despertó a Ashraf, pero tuvo que hacer un esfuerzo para abrir los ojos. La boca le sabía a sangre. A sangre y polvo.

Estaba tumbado boca abajo, con la cabeza y las costillas ardiendo de dolor y magulladuras por todo el cuerpo. Miró alrededor, intentando averiguar dónde estaba. Era en un lugar oscuro, iluminado apenas por un rayo de luna que se colaba a través de un ventanuco.

Oyó voces hablando en un antiguo dialecto local y aguzó el oído, intentando ignorar el implacable martilleo en su cabeza. Tres hombres, contó, alejándose.

Lo matarían al día siguiente. Cuando llegase Qadri para pagarles por el secuestro y disfrutar del espectáculo.

Ashraf apretó los dientes, haciendo un gesto de dolor. Por supuesto, Qadri estaba detrás del secuestro. ¿Quién más se hubiera atrevido? En los últimos años del gobierno de su padre, el líder de los bandidos se había convertido en una amenaza para la zona.

El viejo jeque no tenía gran interés en solucionar los problemas de la provincia más remota, la más pobre y atrasada del país, y el bandido había campado por sus respetos. Pero él no era como su padre y, tras su muerte, había introducido cambios en la región para terminar con las fechorías de Qadri.

No podía esperar clemencia de sus captores. No

era tan ingenuo como para creer que Qadri negociaría con él a cambio de su liberación. No, el bandido lucharía para mantener su feudo de la única forma que conocía: con violencia.

¿Y qué mejor manera de intimidar a los pobres lugareños que ejecutar al nuevo jeque? Así demostraría que las obras de modernización y el imperio de la ley no tenían sitio en esas montañas, que durante décadas solo habían conocido la autoridad del bandido.

El deseo de ver cómo iba el nuevo proyecto de irrigación lo había empujado a visitar la provincia con un guía local y un solo guardaespaldas. Él, el jeque de Za'daq, había ido con un solo guardaespaldas al territorio de su enemigo.

Se le encogió el estómago al pensar en su guardaespaldas, Basim, que había salido despedido del caballo cuando el animal tropezó con un cable atado entre dos rocas.

Ashraf había corrido a ayudarlo y fue entonces cuando los atacantes se lanzaron sobre él. No lo habían subyugado fácilmente, pero eso daba igual.

¿Estaría vivo Basim? No quería pensar en su fiel guardaespaldas abandonado donde había caído del caballo.

Tenía que pensar con frialdad. Debía encontrar la forma de escapar, o al menos de informar sobre su paradero a las fuerzas de seguridad, que sin duda estarían buscándolo.

Su padre siempre había dicho que tenía la suerte del diablo. Era una acusación, no un halago, pero por primera vez Ashraf se encontró deseando que su padre tuviese razón.

Un ruido interrumpió sus pensamientos.

No estaba solo.

Y no iba a quedarse tumbado esperando otro golpe, de modo que se puso en pie… y se detuvo abruptamente cuando algo tiró de su brazo.

Ashraf descubrió entonces que estaba encadenado a la pared. Se giró de nuevo, tan rápido como le permitían sus doloridas costillas, pero con la espalda contra la pared y las piernas abiertas, estaba dispuesto a lanzarse sobre su atacante.

–Vamos, sal para que pueda verte.

Nada. Ningún movimiento, ningún sonido.

Entonces, en la oscuridad, vio algo.

Algo pálido que brillaba a la luz de la luna.

¿Su captor tenía el pelo rubio?

Ashraf parpadeó. No era una alucinación. Quien fuese, no era de la zona.

–¿Quién eres? –le preguntó en árabe. Cuando no respondió, le preguntó en otros idiomas hasta que obtuvo una respuesta.

–¿No lo sabes?

Ashraf frunció el ceño. ¿El golpe en la cabeza habría dañado sus tímpanos? No podía ser, pero sonaba como…

–¿Eres una mujer?

–Entonces, tú no eres uno de ellos.

–¿Uno de ellos?

–Los hombres que me trajeron aquí. Los hombres que… me han secuestrado –respondió la mujer, con voz temblorosa.

–No, no soy uno de ellos. También a mí me han secuestrado.

Pero no tenía intención de morir en lo que, por el olor a ganado, parecía una cabaña de pastores. Aunque la cadena indicaba que el sitio era usado para otros propósitos más siniestros. Había oído que Qadri estaba involucrado en la trata de blancas, que algunas mujeres desaparecían sin dejar rastro, vendidas a canallas sin escrúpulos al otro lado de la frontera.

La figura se acercó entonces y, entre la sombras, Ashraf vio un pelo rubio muy claro, casi plateado, una piel muy pálida y unos ojos que brillaban de miedo. Pero parecía calmada, serena.

—¿Estás herida? —le preguntó.

—Eres tú quien está sangrando.

Ashraf bajó la mirada. Bajo la camisa desgarrada descubrió un largo corte que había dejado de sangrar. Una herida de cuchillo, pensó, pero no era profunda.

—Sobreviviré.

A pesar de su reputación de playboy, Ashraf había estado en el ejército y su padre se había encargado de que fuese un servicio más duro y peligroso de lo normal. Había visto muchas heridas y, por eso, sabía que estaría vivo cuando llegasen sus ejecutores al día siguiente.

—¿Y tú?

Ella lo miró, queriendo reír y llorar al mismo tiempo. Pero llorar no serviría de nada y temía que la risa se convirtiese en histeria.

—Solo algunas magulladuras —respondió.

Había tenido suerte. A pesar del brillo de lascivia que había visto en los ojos de sus captores, no la habían tocado. Se habían limitado a meterla a empellones allí.

Sí, había tenido suerte. Por el momento.

El hombre estaba inconsciente cuando lo llevaron allí y lo encadenaron a la pared. O había luchado con todas sus fuerzas o tenían algo en particular contra él para haberlo golpeado de ese modo.

Su camisa estaba hecha jirones y tenía una herida

en la cabeza. Ahora, de pie, vio que era muy alto, de hombros anchos, con unos muslos de jinete. Tenía un aspecto atlético y poderoso a pesar de estar malherido.

¿Lo vería a la luz del día o sus captores llegarían antes de que amaneciese? Tori sintió un escalofrío de terror al imaginar lo que les esperaba.

–¿Dónde estamos?

Como ella, el extraño hablaba en voz baja, pero algo en su voz pausada alivió un poco la tensión.

–En las montañas, no sé dónde. Me trajeron en una camioneta –Tori se abrazó a sí misma, recordando el aciago viaje.

–¿Llegaste aquí por una carretera?

–Solo una parte del camino. Luego me trajeron hasta aquí andando, con una venda en los ojos.

–¿Hay un guardia en la puerta?

–Creo que no.

Cuando sus captores desaparecieron se había acercado a la puerta para intentar abrirla, pero era tan sólida como la de una prisión.

Tori miró la pesada cadena que sujetaba a su compañero de celda a la pared y se le encogió el estómago.

–Hay luz a lo lejos. Creo que es un campamento, pero aquí no hay nadie.

¿Por qué iban a molestarse en hacer guardia? La sólida puerta estaba cerrada con cerrojo, su compañero estaba encadenado a la pared y ella no tenía nada que pudiera usar para escapar.

¿Qué no daría por tener su piqueta en ese momento? Diseñada para partir rocas, el filo podría romper una cadena y sería un arma muy efectiva.

–¿Qué haces? –le preguntó, al oír el ruido de los eslabones de metal.

–Intentando arrancar la cadena –respondió él, mascullando una maldición.

–No podrás arrancarla. Está bien clavada a la pared.

–¿Lo has comprobado? –le preguntó él, girando la cabeza.

De repente, estaba más cerca de lo que había esperado y Tori dio un paso atrás. Horas antes había sido secuestrada por unos extraños que la habían doblegado a pesar de sus frenéticos intentos de escapar y el miedo la paralizó.

Como si se hubiera dado cuenta, su compañero de celda se apartó.

La lógica le decía que no era un enemigo. Sus captores también lo habían secuestrado a él.

Tori tomó aire, intentando respirar con normalidad. Estaba demasiado oscuro como para saberlo con certeza, pero en sus ojos le pareció ver un brillo de compasión.

Porque el destino de una mujer secuestrada por un grupo de hombres violentos era digno de compasión.

Pero no quería pensar en ello, no podía permitirse ser débil.

–Claro que lo he comprobado. Pensé que podría usarla como arma cuando esos hombres volvieran.

–¿Una mujer contra tres hombres?

–No pienso rendirme sin luchar.

–Sería más seguro que no te resistieras. Espera hasta que estés sola con uno de ellos. Alguien vendrá para trasladarte mañana a otro sitio.

–¿Cómo lo sabes? ¿Qué han dicho sobre mí? –le preguntó Tori, asustada.

Él negó con la cabeza, haciendo una mueca de dolor.

–No he oído nada sobre ti, pero el jefe de esos bandidos llegará mañana. Esperan un pago por el secuestro y hasta entonces nos dejarán en paz.

Tori se apoyó en la pared. Llevaba horas en vilo, temiendo que volviesen en cualquier momento…

–¿Estás bien? –le preguntó el hombre.

Ella asintió con la cabeza. Era un alivio saber que, al menos, estaba a salvo por esa noche, pero seguía en grave peligro y estaba tan asustada, tan exhausta, que reaccionó ante la noticia derrumbándose de repente.

Unas manos firmes la sujetaron, ayudándola a sentarse en el suelo. Unas manos grandes y fuertes, pero sorprendentemente delicadas.

–¿Qué más han dicho? ¿Qué van a hacer con nosotros?

–No han dicho nada sobre ti –respondió el hombre, poniéndose en cuclillas frente a ella–. No tengo pruebas, pero sospecho que van a llevarte a la frontera.

Tori se mordió los labios. Había oído historias sobre la trata de blancas y sintió náuseas al pensar cómo podría terminar.

–Si es así, podríamos tener una oportunidad de escapar. Tal vez algunos de los hombres se quedarán aquí, en el campamento.

Tori sabía que estaba agarrándose a un clavo ardiendo, pero eso era mejor que dejarse llevar por la desesperación.

–Puedo garantizarlo –dijo él entonces.

–¿Por qué? ¿Qué más sabes?

El hombre se encogió de hombros mientras se sentaba en el suelo, frente a ella. A pesar de las heridas y de la pesada cadena parecía estar tranquilo y ese aire de confianza la tranquilizó un poco.

–El líder de esos hombres es mi enemigo y te garantizo que está más interesado en mí que en ti.

Tori recordó entonces el gesto que había hecho uno de sus captores mientras lo encadenaba a la pared. Riendo, el canalla se había pasado un dedo por la garganta de lado a lado.

Iban a matar a aquel hombre.

Debería advertirle, aunque seguramente él ya lo sabía. Y estaba segura de que no se rendiría sin pelear.

Por instinto, alargó una mano para tocar la suya.

−¿Qué podemos hacer?

Él la miró en silencio durante unos segundos y luego volvió a encogerse de hombros.

−Buscar una salida.

−Ya lo he hecho. Es lo único que he hecho durante las últimas cinco horas.

Eso e intentar controlar el pánico.

−No llevarás una horquilla, ¿verdad?

−¿Para abrir la cerradura? No, lo siento. Suelo llevar una coleta.

Él alargó una mano para tocar su pelo y Tori sintió algo inesperado.

Algo que no era miedo o desesperación.

−Y, por desgracia, a mí no se me ocurrió traer una cizalla para cortar cadenas.

Tori esbozó una sonrisa. Era una tontería, pero en su presente estado de ánimo cualquier broma era bienvenida.

−El ventanuco es demasiado pequeño −murmuró−. Tal vez por el tejado…

Él se incorporó con una rapidez envidiable para alguien que había estado inconsciente hasta unos minutos antes.

−Ven −le dijo, ofreciéndole su mano.

Estaban tan cerca que le llegó un olor a canela, a hombre.

–¿Qué vas a hacer?

–Apóyate en mis hombros. Te levantaré para que puedas buscar una grieta en el tejado.

–Pero tú no podrás salir –dijo ella, mirando la cadena.

–Esa no es razón para que no lo intentes.

Había algo en aquel hombre que la atraía… su voz profunda, masculina, la serenidad que demostraba enfrentado a la adversidad.

–¿Cómo te llamas?

–Tori. ¿Y tú?

–Puedes llamarme Ash –respondió él–. Si eres capaz de salir por el tejado podrías alertar a alguien antes del amanecer.

No tenía que decir lo que pasaría cuando amaneciese. Tori aún recordaba el gesto del secuestrador.

–Pero no sé dónde estoy o hacia dónde debo ir.

–Camina inclinada cuando salgas de aquí, intenta que no te vean. Cuando estés a una distancia segura, rodea el campamento y tarde o temprano llegarás al camino por el que te trajeron.

–¿Crees que encontraré la carretera o algún poblado? Es de noche, no se ve nada.

–¿Se te ocurre una idea mejor?

Ella negó con la cabeza. Era una posibilidad. Posiblemente la única posibilidad para Ash.

–Muy bien, vamos a hacerlo.

Tori puso las manos sobre sus hombros y contuvo el aliento cuando él la tomó por la cintura para levantarla.

Tardaron unos quince minutos en admitir la derrota, pero para Ash fueron horas. Horas frustrantes con esa maldita cadena impidiendo sus movimientos. No había resquicio alguno por el que poder escapar y el dolor en las costillas era una agonía, pero aún peor era tener los pechos y las nalgas de Tori tan cerca

El agotamiento y el dolor se mezclaban con la frustración, pero el cuerpo femenino pegado al suyo era una tortura aún peor. Sujetándola con las piernas abiertas, su rostro apretado contra el suave vientre femenino mientras ella intentaba encontrar una grieta en el tejado, tocando su estrecha cintura, inhalando su aroma femenino, fresco e invitador, a pesar del polvo y el miedo…

Bajo los pantalones y la camisa de manga larga, era toda una mujer. Firme, suave y femenina.

Cuando por fin la dejó en el suelo y se apoyó en la pared, temblaba de arriba abajo. De dolor, de rabia por haber dejado que Qadri lo secuestrase.

Y de deseo. Flagrante, ardiente e inconveniente deseo.

Se dijo a sí mismo que era una descarga de adrenalina, una respuesta a la dramática situación en la que se encontraba. El ansia de desafiar a la muerte perdiéndose en el calor de una mujer, el deseo de derramar en ella su semilla con la esperanza de asegurar la supervivencia, si no para él, al menos para la siguiente generación.

–¿Estás bien? –Tori estaba tan cerca que notó su cálido aliento en la cara–. Deberíamos haber parado antes. ¿Estás sangrando de nuevo?

–¡No! –exclamó Ashraf, sujetando su mano cuando iba a tocarlo.

Ella lo miraba con gesto preocupado y vio que sus ojos eran de un color pálido… ¿azules, grises? ¿Tal vez ámbar?

Entonces se dio cuenta de algo.

«Ella también lo siente».

Esa oleada de deseo, esa conexión entre dos personas atrapadas y desesperadas. La esperanza de encontrar consuelo frente a la muerte. Porque, aunque a ella no fuesen a ejecutarla por la mañana, el destino que le esperaba era terrible.

–No te preocupes, estoy bien.

No era capaz de soltar su mano porque su roce le daba un inesperado consuelo. Estaba furioso consigo mismo por haberse dejado capturar. Frustrado porque tal vez su vida terminaría al día siguiente y su padre habría tenido razón. Su padre solía decir que nunca llegaría a nada y si moría en los primeros seis meses de su reinado, sin haber logrado cimentar los cambios en el país…

Ashraf soltó su mano y giró la cabeza para evitar su mirada.

–No estoy preocupada –dijo ella en voz baja.

Se dio cuenta entonces de que estaba conteniendo las lágrimas. ¿Por él? No, Tori no podía saber que al día siguiente se enfrentaría a la muerte. Era una reacción lógica por la situación en la que se encontraban. Estaba siendo muy valiente, más valiente que la mayoría de los hombres que él conocía, perseverando para encontrar una salida cuando muchos otros se hubieran rendido.

–No estoy sangrando, estoy bien.

Ella sacudió la cabeza y un mechón plateado escapó de su coleta. Ashraf apretó los puños, conteniendo el deseo de enredar los dedos en su pelo.

Era una cruel tentación. No podía tomar lo que quería, ni pedirlo siquiera. Tori era una mujer orgullosa que luchaba contra el pánico con todas sus fuerzas.

–Será mejor que descanses –murmuró, mientras

intentaba contener ese absurdo deseo–. Eso es lo que yo pienso hacer.

Ashraf se dejó caer al suelo. Había muy pocas esperanzas de escapar, pero estaba vivo y no tenía intención de someterse a la ejecución sin pelear.

Se había pasado la vida luchando para encontrar su sitio, para demostrar su valía ante un padre que lo despreciaba. Cuando no lo consiguió, se mofó de él convirtiéndose en un playboy, encantado con los escándalos que el viejo jeque detestaba.

Ahora estaba de vuelta en Za'daq y, tras la renuncia al trono de su hermano Karim, todo había cambiado. Se le encogió el estómago al pensar en Karim.

–Me sentiría mejor si me dejases examinar tus heridas –dijo Tori entonces.

Estaba tan cerca que apenas tendría que moverse para tocar su cara, sus pechos. Demasiado cerca para un hombre que estaba luchando contra la tentación.

–A menos que tengas una linterna y un botiquín escondidos en algún sitio no creo que puedas hacer nada –Ashraf lamentó tan seca respuesta inmediatamente. No era la preocupación lo que había hecho que respondiera de ese modo sino su visceral reacción ante aquella mujer–. Lo siento –se disculpó de nuevo–. Me duele, pero no es un dolor insoportable.

¿Qué eran unas heridas en comparación con lo que le esperaba al día siguiente?

–Me alegro.

–Pero hay algo que sí puedes hacer.

–¿Qué? –se apresuró a preguntar ella.

–Descansar. Tenemos que conservar las fuerzas –Ashraf se estiró, conteniendo un gemido de dolor.

Después de un largo silencio, por fin ella siguió su ejemplo y se tumbó a su lado.

Ashraf no podía dormir pensando en el día siguiente, preguntándose si sus hombres lo encontrarían antes de que fuese demasiado tarde. Preguntándose si Basim estaría vivo.

Por fin, un ruidito llamó su atención. ¿Era un castañeteo de dientes? La noche en el desierto era fría y Tori estaba temblando.

—Ven aquí. Juntos entraremos en calor.

—Pero tus heridas…

—No pienses en eso. Pégate a mi lado y apoya la cabeza sobre mi hombro.

Ella lo hizo y Ashraf sintió el soplo de su cálido aliento a través de la camisa, las suaves curvas, los sedosos mechones de pelo rozando su cuello.

Sin pensar, levantó la mano libre para acariciar su pelo. Era tan suave como un almohadón del harem real, cuando los jeques de Za'daq tenían un harem de concubinas dedicadas a darles placer.

Un temblor lo recorrió de arriba abajo y no pudo hacer nada para disimular.

—¿Peso demasiado?

—Tranquila. No me haces daño —musitó él, capturando una de sus rodillas entre las piernas cuando iba a apartarse.

No era cierto del todo, pero el dolor de las heridas y la indignidad de estar encadenado eran eclipsados por un dolor de otro tipo.

Ashraf esbozó una amarga sonrisa. Se había dejado llevar por la tentación durante toda su vida y no estaba acostumbrado a resistirse. Tal vez por eso la tensión que sentía era tan intensa, el tira y afloja entre el honor y el deseo tan fiero.

Pero ganó el honor.

Tori empujó las caderas hacia él para ponerse más

cómoda y la fricción fue una tortura, pero una tortura que soportó de buen gusto.

Hasta que ella movió un brazo y, sin querer, rozó con la mano la evidencia de su deseo, que empujaba contra la cremallera del pantalón.

Los dos se quedaron inmóviles. Ashraf juraría que habían dejado de respirar.

La sangre latía en sus oídos y tuvo que hacer un esfuerzo para no levantar las pelvis, buscando el roce de su mano.

—No pasa nada. Estás a salvo conmigo.

¿Se daría cuenta de que hablaba con los dientes apretados?

Esperaba que Tori se apartase, pero no lo hizo. Al contrario, se acercó un poco más.

—Tal vez yo no quiera estar a salvo contigo.

Capítulo 2

TORI notó que Ash contenía el aliento, pero se negaba a hacerse la inocente cuando aquella podría ser la última noche de su vida. Tenía que hacer un esfuerzo para no imaginar lo que la esperaba a merced de sus captores… no, no quería pensar en ello.

Experimentar deseo en esa situación debería ser imposible, absurdo, pero eso fue antes de conocer a Ash, antes de que su increíble valor reforzase su determinación de ser fuerte, de escapar de allí. Antes de que el roce de su mano, su proximidad, su comprensión, la hicieran sentirse conectada con él como nunca se había sentido conectada con nadie. Antes de que un calor inesperado quemase su vientre y saturase su piel hasta que sintió que estaba ardiendo.

Sabía que sus terribles circunstancias creaban esa conexión, pero no era tan sencillo.

Había algo en aquel hombre que la atraía de una forma primitiva, instintiva. Tori sabía que esa atracción desafiaba a la lógica, pero nunca había sentido un deseo tan irrefrenable, tan arrollador.

Nunca se había sentido tan temeraria o tan absolutamente segura de lo que quería.

—¿Tori?

Su voz era profunda, ronca, tal vez por la sorpresa. O porque él sentía lo mismo.

Movió la mano de forma tentativa sobre su duro abdomen, conteniendo el deseo de explorarlo íntimamente. Sintió la sacudida de unos músculos de acero y su corazón se encogió. Era tan vibrante, tan enfáticamente vivo. No podía soportar la idea de que al día siguiente…

Él retiró el pelo de su cara en un gesto dolorosamente tierno y apartó una lágrima de su mejilla. Tori no se había dado cuenta de que estaba llorando.

–Ah, *habibti*.

Tori oyó el ruido metálico de la cadena cuando le pasó un brazo por la cintura, apretándola contra su torso mientras susurraba algo en su idioma. El sonido de su voz era tan maravilloso como el inesperado borboteo de un riachuelo dando vida al desierto.

Se bebió ese sonido mientras levantaba la cabeza, buscando sus labios, deslizando una pierna sobre la suya como intentando encaramarse al cuerpo masculino.

–Tienes mi palabra, Tori. Mañana, si podemos…

Ella puso un dedo sobre sus labios.

–No hables de mañana, por favor. Solo quiero pensar en esta noche.

Estaban tan cerca que, incluso en la oscuridad, vio que apretaba los dientes en un gesto de preocupación.

«Este hombre está herido. Seguramente morirá mañana y, a pesar de eso, ha hecho todo lo posible para evitar que tú te derrumbases. Por supuesto, tiene en mente cosas más importantes que gratificar tu absurdo deseo».

Se le encogió el corazón al pensar eso. Estaba excitado, pero solo era una respuesta física a su proximidad y tal vez al peligro. No significaba que la desease. Además, podría estar casado.

Tori se apartó, decidida a poner distancia entre ellos, pero él se lo impidió.

–Suéltame –susurró–. Necesito…

–Sé lo que necesitas, *habibti*. Yo también lo necesito. Lo necesito tanto.

Esa voz baja, ronca, resonó por todo su cuerpo, despertando las pocas terminaciones nerviosas que aún estaban dormidas.

Tori sintió una ola de calor extendiéndose por el duro cuerpo masculino. Sus piernas sobre las de él, la pelvis apretada contra su cadera. Se puso colorada cuando apretó su trasero, atrayéndola un poco más hacia él.

–Yo…

Intentaba pensar de forma coherente, pero su cuerpo estaba inmerso en una íntima conversación con el de Ash. ¿Qué quería decirle? ¿Qué era lo más importante?

–¿Estás segura de que quieres esto?

Tori lo deseaba de tal modo que la fuerza de ese deseo la hacía temblar.

–¿Estás casado? –le preguntó, con una voz que apenas reconocía–. ¿Hay alguien en tu vida?

–No, nadie –respondió él con tono grave–. ¿Y en la tuya?

Tori negó con la cabeza. Aun así, lo que había parecido tan natural, tan fácil, un momento antes ahora le parecía imposible, absurdo. Se sentía incómoda, insegura. ¿Qué estaban haciendo?

Entonces él esbozó una sonrisa que le robó el aliento y aceleró su corazón. Ash era un hombre fuerte, viril y tremendamente atractivo, pero cuando sonreía… ah, cuando sonreía era irresistiblemente sexy y Tori se rindió a la fuerza de sus sentimientos.

Ash puso una mano en su nuca, empujándola suavemente hacia él, y ella se perdió en un beso devastadoramente persuasivo y abrasador. El deseo era como una descarga eléctrica que la recorrió desde la cabeza a los dedos de los pies.

Abrió la boca automáticamente para dejar paso a su lengua, sin molestarse en disimular un gemido de placer.

El beso era interminable, deliberado y lento, atizando el fuego que había nacido entre ellos. Cuando empezó a acariciar sus pechos, Tori se puso tensa. No de rechazo, sino porque el roce de esa mano tan grande y áspera, pero tan suave y delicada a la vez, era… exquisito.

Echó la cabeza hacia atrás para mirarlo a los ojos, que brillaban como obsidianas en la oscuridad.

Ash se quedó inmóvil. Evidentemente, había malinterpretado su expresión y Tori sintió respeto por un hombre capaz de controlarse incluso en ese estado.

En otro sitio, en otro momento, habría querido saberlo todo sobre él, pero tenían tan poco tiempo. Ese pensamiento provocó un sollozo desesperado, pero se lo tragó mientras se inclinaba para rozar su oreja con los labios.

—Te deseo, Ash, pero temo hacerte daño.

—Deja que yo me preocupe de eso.

Mientras ella buscaba aliento, Ashraf la tumbó de espaldas, pero se quedó inmóvil y Tori tardó un segundo en entender que no podía moverse porque estaba sujeto por la cadena.

El recordatorio de sus graves circunstancias debería haber roto la magia del momento, pero él esbozó una sonrisa.

—Creo que tenemos un pequeño problema.

Su sentido del humor era sorprendente y Tori le devolvió la sonrisa mientras se arrastraban por el suelo para acercarse a la pared.

—Mejor así —susurró él—. Mucho mejor.

Sus anchos hombros bloqueaban la luz que entraba por el ventanuco mientras se inclinaba para besarla de nuevo. Luego se apartó, apoyándose en el brazo libre para desabrochar con torpeza la cremallera del pantalón.

—Espera, deja que lo haga yo —murmuró ella, excitada.

Cuando por fin pudo librarlo de la prenda, Tori se quitó las botas, el pantalón y las bragas. Nunca había hecho el amor con un extraño, pero no sentía vergüenza alguna, solo una urgencia que crecía con cada segundo.

—No te quites la camisa —Ash puso una mano sobre su hombro y la empujó suavemente para volver a tumbarla en el suelo.

Su camisa estaba abierta, revelando un torso ancho y fuerte de pectorales marcados. Tori deslizó su hambrienta mirada sobre él, deteniéndose en una línea oscura sobre las costillas… la marca de un cuchillo.

Se le encogió el estómago y, de repente, no era sexo lo que tenía en la cabeza sino el destino que lo esperaba por la mañana. Pensar en lo que iban a hacerle y lo que podrían hacerle a ella…

—¿Has cambiado de opinión? —le preguntó Ash.

Parecía dispuesto a parar si ella así lo deseaba. Sin embargo, incluso en la oscuridad, podía ver la evidencia de su deseo.

Deseaba aquello, lo necesitaba tanto como ella y eso la excitó aún más. Tori tomó aire, apartando esos sombríos pensamientos de su cabeza.

La expresión «vivir el momento» nunca había tenido un significado tan profundo.

–¿No sería mejor que yo estuviese encima? Lo digo por tus heridas.

Él rio y esa risa, como chocolate líquido o tal vez whisky de malta, la calentó por dentro.

–Probablemente, pero quiero tumbarme sobre tus deliciosos muslos y llevarnos a los dos al paraíso.

Si Tori estaba ya excitada, esas palabras casi le hicieron perder la cabeza. Ash desabrochó los botones de su camisa y apartó el sujetador para mirarla en silencio.

Tori sintió el aire frío de la noche levantando sus pezones mientras él esbozaba otra de esas carismáticas sonrisas que la dejaban sin aliento.

Ash empezó a hablar en su idioma, una fluida ondulación de sonidos que parecía envolverse en ella, acariciándola como lo hacía con las manos, llevándola a un mundo de placer desconocido.

Cuando se colocó sobre ella y sintió los duros muslos cubiertos de vello entre sus piernas, Tori tuvo que contener un grito de gozo. Su peso, el roce de sus caderas, los anchos hombros… y su calor, su calor por todas partes.

Tori colocó las rodillas sobre sus caderas y escuchó un gruñido de masculino placer. Unos dedos largos se deslizaron por su abdomen, haciendo delicados círculos hasta llegar a su húmedo centro…

–No, te deseo a ti –le dijo, sujetando su mano.

Estaba al borde del orgasmo y temía que una caricia más la enviase al cielo, pero necesitaba algo más profundo que el roce de sus dedos. Ansiaba una conexión total, la intimidad de sus cuerpos unidos.

Suspiró, aliviada, cuando él asintió. Aun así, Ash

se tomó su tiempo, mirando su rostro como si quisiera memorizarlo.

–Tu pelo es tan suave –murmuró, apartando un mechón de su frente en un gesto cargado de ternura.

Tori quería decir algo profundo, ofrecer a aquel hombre fuerte y tierno algo que estuviese a la altura, pero no encontraba las palabras. De modo que levantó una mano para acariciar su cuello, sintiendo el pulso que latía allí, y pasó la mano por su pelo, espeso, pero suave.

Ash separó sus rodillas con una pierna e instintivamente Tori levantó las caderas, sintiendo el aterciopelado roce de su miembro. Contuvo el aliento mientras entraba en ella despacio, llenándola poco a poco. Los dos contenían el aliento ante la exquisitez de esa unión. El momento era interminable hasta que, por fin, Ash estaba profundamente enterrado en ella, vital e imposiblemente viril.

Tori sintió un escalofrío que se extendió por todo su cuerpo, a juego con el que sacudió los hombros masculinos.

Cuando Ash se apartó, el movimiento fue tan exquisitamente excitante que tuvo que morderse los labios para no gritar de gozo.

Él esbozó una sonrisa un poco dolorida. Sabía que estaba haciendo un esfuerzo para ir despacio, para alargar el placer, pero Tori clavó las manos en sus hombros.

–Por favor –musitó–. Te necesito… ahora.

Ash volvió a apoderarse de su boca, ahogando el grito que estaba a punto de escapar de su garganta, sujetándola entre sus fuertes brazos mientras ella, abandonada, rendida, se dejaba llevar. Las embestidas eran duras, profundas, llenándola de tal modo que parecía como si fueran un solo ser. El éxtasis explotó en una conflagración tan poderosa que el aire parecía vibrar. Las sensaciones eran tan intensas que no sería capaz de describirlas, pero era una delicia tan profunda que pensó que iba a morir en ese instante.

No se separaron ni por un momento, bocas y cuerpos unidos hasta que, por fin, Ash se tumbó de lado llevándola con él. Su ronco gemido de dolor le recordó que estaba herido e intentó apartarse, pero él se lo impidió.

—No te muevas —le pidió.

Tori besó la curva de su hombro con los labios abiertos y lo notó temblar mientras la apretaba contra su costado.

Nunca había sentido esa conexión con otro hombre. Era una experiencia física placentera, pero también algo más, algo inexplicable que los había arrollado a los dos. Lo abrazó, apoyando la cabeza en su torso, notando los latidos de su corazón e intentando recuperar el aliento mientras se preguntaba por qué sentía como si hubiera cambiado. Ese fue su último pensamiento coherente en varias horas.

—Tori…

Oyó la voz de Ash, cálida y seductora, y sintió el roce de su mano mientras se estiraba sinuosamente.

Pero entonces frunció el ceño. Porque Ash no estaba acariciándola sino…

—Hora de despertar —dijo él, mientras abrochaba los botones de su camisa.

Un pálido halo de luz se filtraba por el ventanuco y vio que él ya estaba vestido, con la camisa metida dentro del pantalón. Entonces recordó que, antes de quedarse dormida, Ash había insistido en que volvieran a vestirse para no pasar frío.

La luz gris del amanecer revelaba a un hombre al que no había visto por la noche. Era tan atractivo como para acelerar el corazón de cualquier mujer, pero ahora veía claramente la sangre seca en su cabeza, su ropa rasgada, las manchas de sangre y la cadena que lo sujetaba a la pared.

La terrible realidad le encogió el estómago y sintió una oleada de náuseas. Entre los brazos de aquel hombre había olvidado que sus vidas estaban en peligro, pero ahora…

Ash apretó sus manos. En la penumbra, Tori no podía descifrar el color exacto de sus ojos, pero el calor que había en ellos contrarrestaba el frío que la helaba de la cabeza a los pies.

Lentamente, como si tuvieran todo el tiempo del mundo, él levantó su mano izquierda para besar la palma. Repitió el gesto con la otra mano y el calor de sus labios envió un cosquilleo de sus brazos a sus pechos y más abajo, entre sus piernas.

Murmuró algo en árabe que no entendí, pero el mensaje que había en sus ojos le encogió el corazón.

–Gracias, *habibti* –Ash inclinó la cabeza en un gesto de respeto y admiración–. Anoche me hiciste un gran honor y es un regalo que me llevaré conmigo.

Tori estaba a punto de responder cuando él giró la cabeza hacia la puerta con expresión tensa, como si hubiera oído algo.

–Rápido –la apremió, ayudándola a ponerse las botas.

–¿Qué ocurre?

Pero podía imaginar qué había provocado esa urgencia. Alguien se acercaba. Pensar en sus captores hizo que le temblasen las manos y Ash tuvo que atarle los cordones de las botas.

–Recuerda lo que te dije –le advirtió en voz baja, apretando su mano–. No luches hasta que estés a solas con uno de ellos. Así tendrás más oportunidades.

Tori miró ese hermoso rostro y asintió con la cabeza, tragando saliva.

–¿Y tú…?

–No te preocupes por mí. Ahora que está saliendo el sol mis hombres tendrán más oportunidades de encontrar el campamento.

Ninguno de los dos admitió que la partida de búsqueda podría llegar demasiado tarde para él.

Ash apretó su mano cuando oyeron voces al otro lado de la puerta.

–Cuando escapes, camina agachada y…

Su advertencia fue interrumpida por el golpe de la puerta contra la pared. Tori parpadeó, cegada por la luz. Ash había soltado su mano y estaba mirando a los tres hombres que acababan de entrar en la cabaña.

Lo que siguió después fue una pesadilla, un remolino de manos brutales y miradas aviesas. Pero fue mucho peor para Ash, que intentó golpear al hombre que la sujetaba, pero fue sometido a fuerza de golpes.

Lo último que vio fue que caía desplomado, dejando una mancha roja sobre el suelo de tierra.

La sacaron de la cabaña a empellones y Tori salió a la fría mañana con el corazón roto de dolor.

Capítulo 3

TORI miraba los datos que tenía delante, deseando poder culpar al cansancio por su falta de concentración. Estirándose, se apoyó en el respaldo de la silla y miró por la ventana el río Swan brillando bajo la luz del sol.

No había sido fácil mudarse de Sídney a Perth, al Oeste de Australia, pero tenía que encontrar un nuevo hogar, un nuevo trabajo… mientras intentaba superar el trauma que seguía persiguiéndola.

Si su padre la hubiese apoyado se habría quedado en Sídney. Después de todo, la familia debería ayudarte en los momentos difíciles, ¿no?

Tori sintió un escalofrío al recordar la última vez que habló con su padre. Su fría desaprobación había hecho que añorase a su madre como nunca. Le habría venido bien un poco del amor incondicional que había muerto con ella.

Sin embargo, no era eso lo que la distraía en ese momento. Ni siquiera la falta de sueño porque ya estaba acostumbrada al perenne agotamiento.

Era la fecha. Quince meses desde el día que la secuestraron y la llevaron a Za'daq. Estaba a punto de irse de Assara esa misma tarde. El estudio geológico había sido completado y sus compañeros ya se habían ido, pero ella se quedó para investigar un farallón que no estaba en la zona del yacimiento, pero que tenía un aspecto prometedor… hasta que se encontró rodeada por hombres armados.

Quince meses desde la última vez que vio a Ash.

Quince meses desde que el sonido de unos disparos había hecho eco en el árido paisaje, dejándola desconsolada.

Nunca olvidaría ese sonido. O la risotada del hombre que la llevaba a través de las colinas, el hombre al que Ash había golpeado cuando intentó sacarla de la cabaña.

Cuando oyeron la ráfaga de disparos, el hombre soltó una risotada mientras pasaba un dedo por su garganta. El significado era evidente.

Ash había muerto.

Incluso ahora, esa realidad de pesadilla era insoportable.

Tuvo que hacer un esfuerzo para tragar saliva. Los recuerdos traumáticos eran normales, le había dicho el psicólogo. Y después de haber estado despierta toda la noche, no era sorprendente que fuese tan susceptible.

Pero el dolor pasaría. Tenía que ser así.

Mientras tanto, tenía informes que estudiar.

Estaba mirando la pantalla del ordenador cuando escuchó una voz a su espalda.

–¿Trabajando mucho, Victoria? Me alegra ver que aprovechas el tiempo que estás en la oficina.

Tori disimuló un suspiro de irritación. Tenía que ser Steve Bates, uno de sus compañeros. Siempre quejándose sobre su horario a tiempo parcial, dando a entender que se aprovechaba de la empresa en lugar de trabajar más que muchos de sus colegas. Y mirándola como si pudiese ver debajo de su ropa.

Tenía que recriminarle esa actitud, pero había sobrevivido a cosas mucho peores.

Tori se dio la vuelta en la silla. Naturalmente, no era su cara lo que Steve estaba mirando.

–Los nuevos datos sobre el yacimiento son muy interesantes. ¿Es por eso por lo que has venido? Tendré el informe preparado…

–No he venido para eso –la interrumpió él–. Parece que eres una caja de sorpresas.

Tori frunció el ceño.

–¿Perdona?

Steve sonrió, mirándola con una expresión inquietante.

–No sabía que tuvieses tales contactos. Ahora entiendo que los jefes quisieran contratarte como fuera. Lo importante es a quién conoces, no lo bien que trabajes.

–Mira, Steve –Tori se levantó de la silla, indignada. No tenía paciencia para los que pensaban que había llegado donde estaba gracias a la influencia de su padre–. Conseguí este trabajo por méritos propios, tan sencillo como eso.

Pensar que su padre podría haber intervenido en su favor era risible. A pesar de lo que decía en público, Jack Nilsson no aprobaba su carrera y en cuanto a hacerle un favor… nunca lo haría a menos que con ello sacase algún beneficio.

–Si tú lo dices –Steve esbozó una sonrisa–. No seas tan susceptible.

Tori enarcó una ceja.

–¿Querías hablar de algo en particular o me has interrumpido porque no tienes nada mejor que hacer?

–Quieren verte en la sala de juntas –dijo Steve, su tono tan duro como los diamantes que la empresa extraía de la tierra–. Inmediatamente.

Luego dio media vuelta y desapareció, dejando a

Tori aliviada y confusa. Odiaba el sexismo de Steve, que merecía algo más que un reproche, pero no sabía por qué o quién quería verla en la sala de juntas. Era la primera vez que requerían su presencia y ella no era tan importante como para reunirse con los jefazos.

Suspirando, tomó el móvil, la Tablet y el informe sin terminar y salió del despacho para subir a la planta ejecutiva. La empresa era una de las más respetadas en su campo y la suite ejecutiva estaba llena de caras obras de arte.

Estaba admirando una de ellas cuando un joven con un traje de rayas se acercó.

–¿Señorita Nilsson?

Tori contuvo el deseo de atusarse el pelo porque había aprendido a no mostrarse azorada en público. Su padre lo odiaba porque quedaba mal en las fotos para la prensa.

–Sí, soy yo. Me han dicho que quieren verme en la sala de juntas.

El hombre no le ofreció ninguna explicación.

–Así es. Sígame, por favor.

Frente a la puerta de la sala de juntas había un hombre con un traje de chaqueta oscuro. Tenía los pies firmemente plantados en el suelo y las manos cayendo a los costados.

Un guardaespaldas. Había visto suficientes como para reconocer la actitud defensiva.

«Lo importante es a quién conoces» –recordó las palabras de Steve.

¿Estaría su padre en la sala de juntas? Aunque no entendía por qué había llevado un guardaespaldas y por qué había decidido ir allí sin avisarla. No le había dicho que pensaba ir a Perth y nunca hacía visitas paternales.

–Entre, por favor –dijo su guía, empujando la puerta y desapareciendo después discretamente.

Tori entró en la sala. No había nadie, pensó. Pero entonces una sombra al otro lado se apartó de la pared.

Un hombre alto, de hombros anchos. Estaba de espaldas al sol y no podía ver su cara, pero había algo familiar en él...

Tori tuvo una premonición y cuando se acercó contuvo el aliento. Su mirada estaba clavada en el hombre que se había detenido a un metro de ella.

Una piel bronceada cubriendo una estructura ósea que habría hecho llorar a Miguel Ángel, una boca sensual sobre una mandíbula firme, ojos y cejas negras, una nariz grande y recta, el pelo negro...

Le temblaron las manos al recordar cómo había pasado los dedos por ese pelo tan suave, el cuidado que había tenido para no tocar la herida en su cabeza.

El corazón parecía querer salirse de su pecho cuando lo miró a los ojos, pero entonces recordó algo terrible.

Secuestradores. Disparos.

Sus ojos se empañaron y tuvo que parpadear rápidamente. Lloraba a menudo, algo que según su psicólogo era normal, pero el suelo pareció abrirse bajo sus pies y tuvo que agarrarse al respaldo de una silla para no caer al suelo.

No tenía cicatrices en la cara. Nada que indicase que había sido golpeado brutalmente quince meses antes. Llevaba un traje de chaqueta gris hecho a medida que le quedaba fantástico, una camisa blanca en contraste con su piel bronceada y una corbata con un nudo perfecto.

No podía ser. Era imposible. Y, sin embargo...

–Pensé que habías muerto –logró decir, casi sin voz.

–Ah, eso explica muchas cosas.

Esa voz tan viril, tan profunda. Solo la había oído en susurros; los dos hablaban en voz baja para no llamar la atención de los guardias. Había oído esos susurros en sueños durante más de un año. ¿Cuántas veces había despertado de una pesadilla, o de algún sueño erótico, con el recuerdo de esa voz dando vueltas en su cabeza?

–¿De verdad eres tú?

Quería tocarlo, comprobar que no era un espejismo, pero sus piernas parecían bloques de basalto.

–Soy yo, Tori.

Ashraf miraba su rostro ovalado sintiendo una oleada de emoción. La había buscado de modo incansable, incluso cuando los investigadores le habían aconsejado que lo dejase. Recordaba el momento en el que recibió la noticia de que estaba viva. Viva y a salvo. El alivio había sido tan intenso, tan poderoso, que tuvo que hacer un esfuerzo para respirar.

Creía estar preparado para ese encuentro y, sin embargo, ver a Tori de nuevo lo inquietaba profundamente. Tal vez eran sus ojos. Esa noche se había preguntado de qué color serían. Azules, de un azul pálido, el color de las flores que crecían en los valles de Za'daq.

Cuando sus miradas se encontraron sintió una oleada de deseo, de remordimiento y… cien emociones distintas.

La había admirado en Za'daq por su valentía, por su coraje, por ser capaz de esconder sus miedos. Esa noche había encontrado consuelo y olvido en su delicioso cuerpo, pero no había esperado una reacción tan visceral después de tanto tiempo.

Quería tocarla, más que eso. Quería…

Pero apartó de sí tales pensamientos. La razón por la que estaba allí era demasiado importante como para distraerse. Quería protegerla como no había podido hacerlo quince meses antes, pero el sentimiento de culpa era mitigado por otra emoción. Un deseo posesivo, desenfrenado.

Ashraf metió las manos en los bolsillos del pantalón, intentando calmarse.

–Tienes que sentarte. Te has llevado una sorpresa.

También él se había llevado una sorpresa. No había esperado sentir aquello…

Ashraf apartó una silla y Tori se dejó caer sobre ella como si las piernas no la sujetasen. Pensaba que lo había imaginado, que había embellecido el recuerdo de aquella mujer, otorgándole unas cualidades que en realidad no poseía. Creía que el remordimiento y el sentimiento de culpa la habían convertido en alguien más extraordinario de lo que era en realidad. Pero no era así.

Facciones atractivas en un rostro más largo que redondo, labios finos, ojos penetrantes. Unos ojos que lo observaban con intensidad. El pelo rubio platino sujeto en un moño.

No era una belleza clásica, pero cualquier hombre giraría la cabeza. Incluso con una sencilla blusa blanca y un pantalón negro, Tori llamaba la atención.

Eso explicaba que su pulso se hubiese acelerado. Eso y el íntimo secreto que compartían.

Sin poder evitarlo, se fijó en sus pechos, subiendo y bajando bajo la blusa. Parecían más grandes de lo que él recordaba…

–¿Te importa sentarte y dejar de mirarme desde arriba?

Ashraf contuvo una carcajada mientras se sentaba frente a ella. Esa era la mujer que recordaba: indomable y práctica. Desde luego, había sido una suerte no encontrarse con una compañera histérica esa noche.

—Eres real —dijo Tori, alargando una mano para tocar su cara.

Nadie lo tocaba últimamente. Había estado muy ocupado durante esos últimos quince meses y no había tenido una amante en mucho tiempo.

Tal vez había sido un error aparecer así, sin previo aviso, pero no sabía que Tori lo creía muerto. Si lo hubiera sabido…

No, aunque lo hubiera sabido habría querido verla en persona.

—Sí, soy real.

Tomó su mano y sintió el rápido latido de su pulso. Olía a algo dulce y tentador que lo transportó a la noche que habían estado cautivos.

Su aroma lo tentaba y lo turbaba al mismo tiempo, recordándole lo cerca que habían estado de la muerte y lo débil que se había sentido en los brazos de aquella mujer.

Había creído que su reacción era debida al peligro, a la cercanía de la muerte. ¿Era aquella emoción una reliquia de esa noche? Sí, tenía que ser eso.

Pero no estaba allí para hacer el amor con ella, de modo que bajó la mano y se echó hacia atrás.

—¿Cómo escapaste? —le preguntó Tori—. Oí disparos y pensé…

Se mordió los labios, nerviosa. Ver a Ash de nuevo era un milagro con el que ni siquiera se había atrevido a soñar.

—Lo que oíste eran los disparos de mis fuerzas de seguridad. Qadri, el líder de los bandidos, murió en el ataque junto a varios de sus seguidores. El resto están en la cárcel.

Lo decía con toda tranquilidad, como si fuera un incidente lejano, poco importante. Pero el sonido de esos disparos había sido brutalmente real para ella durante mucho tiempo.

—Pensé que habías muerto y… —Tori sacudió la cabeza, incrédula—. ¿Qué haces aquí? Es una coincidencia increíble.

—No es una coincidencia. He estado buscándote.

—¿Has estado buscándome?

—Claro que sí. ¿Pensabas que iba a olvidarme de ti, que iba a dejarte a merced de esos canallas?

—Pero han pasado quince meses.

—No tengo por costumbre olvidarme de mis amigos.

¿Era eso lo que habían sido, amigos? Aliados desde luego. Amantes también. ¿Y ahora?

—Gracias, Ash.

—Lamento haber tardado tanto. Pensé que…

Si ella se había visto atormentada pensando que había muerto, él había sufrido al creerla a merced de unos tratantes de mujeres.

—Es que estoy tan sorprendida… ¿Cómo me has localizado?

—Con un equipo de investigadores, mucho empeño y, al final, un golpe de suerte.

¿Había tenido investigadores trabajando durante quince meses? Debía haberle costado una fortuna.

Tori miró el elegante traje de chaqueta. Ash proyectaba autoridad y poder, como un hombre acostumbrado a dar órdenes. Un poco como su padre, salvo que en Ash parecía innato mientras en su padre era impostado.

—Eres un hombre muy decidido.

El hecho de que hubiera perseverado la sorprendía. Estaba segura de que habría encontrado la forma de liberarla si siguiera a merced de sus captores y pensar eso hizo que su corazón diese un vuelco.

—¿Cómo lograste escapar? —le preguntó él, tomando su mano—. Mis hombres te buscaron por todas partes, pero no encontraron ni rastro.

«Mis hombres». Hablaba como si tuviese un ejército personal.

Tori se dijo a sí misma que los locos latidos de su corazón no tenían nada que ver con el roce de su mano, pero saber que había estado buscándola despertó algo que había guardado en su corazón desde el horror del secuestro.

Todo aquello era tan complicado, tan difícil. ¿Qué iba a hacer? La repentina aparición de Ash despertaba una nueva ansiedad y no era solo por recordar el pasado.

—Dos hombres me sacaron del campamento. El guardia al que golpeaste y un chico joven, un adolescente. Cuando oímos los disparos, el guardia pensó que te habían asesinado… —Tori tomó aire, recordando el horror que había sentido al verlo reír—. Pero después de la primera ronda de disparos volvió al campamento, dejándome sola con el chico.

—Seguramente se dio cuenta de que eran demasiados disparos para una simple ejecución.

Ella asintió con la cabeza. Entonces había pensado que el pelotón de ejecución se había entusiasmado o que tal vez estaban celebrándolo.

—El chico y yo seguimos adelante, pero parecía asustado. Tal vez entendía mi idioma porque le dije lo que le pasaría si las autoridades lo encontraban. Incluso exageré un poco…

—Bien hecho —la interrumpió Ash.

–La verdad es que no fue difícil escapar. De hecho, creo que el chico me dejó ir.

–Debió darse cuenta de que algo había salido mal y pensó que acabaría en la cárcel si lo encontraban contigo.

–Escapé cuando hicimos una parada para descansar. Me habían atado las manos, pero la cuerda estaba un poco floja y conseguí desatarme. Temía que el chico fuese tras de mí, pero no volví a verlo –Tori flexionó las manos, recordando el dolor de la cuerda apretando sus muñecas–. Horas después, me encontré en el camino con un jeep. Un par de extranjeros volvían a su yate después de recorrer la zona.

Unos extranjeros que, por razones desconocidas, querían evitar a las autoridades. Tori se había preguntado si serían contrabandistas, pero en realidad le daba igual. Solo quería escapar de allí.

–Y te llevaron con ellos –murmuró Ash.

–Sí, por suerte me llevaron con ellos. Una vez en el yate, me puse en contacto con las autoridades australianas.

–Cruzaste la frontera –dijo él–. Hicimos indagaciones en los países vecinos, pero no encontramos ninguna pista hasta que un camionero de la zona oyó que estaban buscándote. Recordó entonces a tres extranjeros subiendo a un yate en una playa desierta.

–¿Y solo con esa pista lograste localizarme?

Era increíble. No podía imaginar los recursos y la suerte que habían hecho falta para encontrarla.

–Por fin te encontré y supe que habías escapado. Seguir tu rastro fue fácil a partir de entonces porque no había muchos yates en la zona –Ash hizo una mueca–. Si nos hubiéramos dicho el nombre y la dirección me habría ahorrado mucho tiempo.

Tori suspiró. A pesar de la intimidad que habían compartido, ni siquiera sabían sus nombres. Ahora le parecía tan extraño.

–Bueno, pero me has encontrado y me alegro –le dijo, esbozando una sonrisa. A pesar de las complicaciones a las que tendría que enfrentarse, era maravilloso saber que había sobrevivido–. Me alegro muchísimo de verte vivo.

–Y yo a ti, Tori.

Ella se movió en la silla, incómoda. Sus emociones eran complejas. No parecía el estoico hombre con el que había compartido un momento de intimidad en el desierto y sentía cierta aprensión porque no sabía nada sobre él, sobre su vida, sus esperanzas, sus sueños. ¿Cómo reaccionaría cuando le contase lo que debía contarle?

Era arriesgado, pero tenía que hacerlo.

Tori se pasó la lengua por los labios, dispuesta a hablar, pero él se adelantó.

–Bueno, Tori… ¿o debo llamarte Victoria? –Ash se inclinó hacia delante, su mirada oscura clavándola en la silla–. ¿Vas a hablarme de nuestro hijo?

Capítulo 4

TODAS las dudas que Ashraf pudiese haber tenido sobre la paternidad del niño desaparecieron al ver su reacción.

Tori se había puesto tan pálida que su piel parecía de porcelana. En el informe sobre Victoria Miranda Nilsson había una fotografía de ella con un niño pequeño de pelo y ojos oscuros.

Y ahora estaba completamente seguro. Tori había tenido un hijo suyo.

Ashraf tuvo que hacer un esfuerzo para permanecer sentado, pero desde niño había aprendido a controlar sus impulsos, aunque más tarde se hubiera hecho famoso dejándose llevar por ellos.

No, eso no era verdad. Provocar escándalos no había sido algo impulsivo sino deliberado para vejar a su padre. Pero no era momento de pensar en eso.

Estaba abrumado ante la realidad de que había tenido un hijo al que no conocía, que Tori era la madre de su hijo.

¿Explicaba eso el deseo que sentía de hacerle el amor? Le habría gustado estar a su lado, ver los cambios en su cuerpo, estar con ella durante el parto. Se había perdido tantas cosas. Y Tori había tenido que soportar tantas cosas sin él.

—Iba a contártelo, pero es que…

Había temido que ella quisiera esconderle a su hijo

y se alegró al comprobar que su primera impresión de ella era la correcta. Tori era una mujer valiente y honesta. La había admirado esa noche, había querido creer que pudo escapar de sus captores, pero cuando por fin tuvo pruebas de que así era, experimentó ciertas dudas. ¿Por qué no se había puesto en contacto con él? ¿Por qué no le había dicho nada de su hijo?

Ahora sabía por qué.

Lo creía muerto, su sorpresa al verlo no era fingida.

—Lo que no entiendo... —empezó a decir Ashraf, mirándola a los ojos—. Por mi trabajo, a veces aparezco en televisión. Pensé que me habrías visto en algún momento.

Esa era una de las razones por las que había temido que Tori hubiese muerto o que no pudiera ponerse en contacto con él.

—¿Sales en televisión? ¿A qué te dedicas?

—A la política.

Ella torció el gesto.

—Mi padre se dedica a la política y, después de años soportando sus tejemanejes, decidí no ver las noticias en televisión. Especialmente las noticias de Za'daq. Después de lo que pasó, no he querido saber nada sobre esa parte del mundo.

El brillo de angustia en sus ojos dejaba claro que el secuestro había dejado cicatrices.

Ashraf apretó su mano.

—Lo entiendo.

—Además, las madres recientes tienen otras prioridades.

El bebé, su hijo. Esa había sido su prioridad. Pero ahora también era la suya y Ashraf haría lo que fuera necesario para que su hijo tuviese la vida que merecía.

–Háblame de él.

–Es lo más importante de mi vida –dijo Tori.

–Y también lo será de la mía.

Tori apartó la mano, llevándosela al abdomen en un gesto protector. Ash parecía tan decidido. Sí, aquella noche habían encontrado consuelo uno en los brazos del otro. Habían encontrado él éxtasis.

Se había preguntado tantas veces qué habría pasado si Ash no hubiese muerto. Si hubiera estado a su lado durante el embarazo, durante el parto, ayudándola a cuidar de Oliver. Ese pensamiento era su refugio secreto cuando los problemas a los que se enfrentaba eran demasiado para ella.

Acababa de descubrir que su fantasía era una realidad, pero debía recordar que él no era la personificación de sus sueños sino un hombre con un objetivo.

La dejaba sin aliento, como quince meses antes, robándole el sentido común y la cordura. Y eso era un problema porque sabía que Ash era un hombre empeñado en conseguir lo que quería. Y ahora quería reclamar a su hijo.

Su hijo. Su precioso Oliver.

Tori no sabía qué hacer. Había tenido a Oliver sola, sin ayuda de nadie, se había mudado al otro lado del país para hacerse una nueva vida y librar al niño de la mala influencia de su padre, pero aquello era diferente y mucho más peligroso.

Al fin y al cabo, Ash no era un hombre occidental. ¿Esperaría que le entregase a Oliver? Ella sabía poco sobre las culturas de Oriente Medio, pero temía que los padres tuviesen más autoridad que las madres sobre los hijos.

La inmovilidad de Ash no la tranquilizaba. Era la inmovilidad de un predador.

Pero estaba exagerando, se dijo. Ash era un hombre honesto. ¿O no? La verdad era que no lo conocía.

—Imagino que querrás conocerlo.

—Sí, claro.

—Para eso has venido.

Ahora lo entendía. Sus investigadores habían descubierto que tenía un hijo, por eso estaba tan decidido a encontrarla.

Tori se abrazó a sí misma.

—Estaba buscándote a ti —dijo él entonces—. Y cuando descubrí que habías tenido un hijo nueve meses después de nuestro encuentro... por supuesto quise venir a verte y conocer a mi hijo.

¿Había ido allí para quitarle a Oliver?

No, eso era injusto. Ash era un hombre decente y admirable. Además, ¿le habría gustado que no quisiera saber nada de su hijo?

Sabía muy poco sobre él, pero lo que sabía debería tranquilizarla.

Lo que sabía sobre Ash, el hombre al que había conocido quince meses antes, pensó entonces. Aquel hombre con el traje de chaqueta hecho a medida y ese aire de seguridad era alguien a quien no conocía en absoluto.

—De haber sabido que estabas vivo te habría hablado de Oliver.

—Oliver —repitió él, como intentando acostumbrarse al nombre.

—Oliver Ashal Nilsson.

Él la miró con cara de sorpresa.

—¿Ashal? Es un nombre árabe.

De modo que sus investigadores no habían comprobado la partida de nacimiento, pensó ella. Por alguna razón, eso la tranquilizó un poco.

–Quería… quería que tuviese algo tuyo, así que le puse tu nombre, o el nombre que se parecía más al tuyo.

Él la miraba como si la viese por primera vez y cuando tragó saliva, el gesto le pareció extrañamente tierno y excitante. Parecía afectado por esa revelación. O tal vez era su imaginación.

–Encontré Ashal en una lista de nombres árabes. Significa luz o luminosidad.

–Sé lo que significa. Es un bonito nombre –Ash hizo una pausa–. Es muy generoso por tu parte haberle dado ese nombre en honor a su ascendencia.

–Me parecía lo más apropiado. Oliver es la luz de mi vida.

Parecía haber entre ellos una conexión especial, no sexual sino un momento de entendimiento, el que imaginaba compartían todos los padres cuando hablaban de sus hijos.

–¿Cuál es tu nombre completo, Ash?

–Ashraf.

–Ashraf –repitió ella.

–Significa honorable y noble –le explicó él, esbozando una sonrisa–. Ashraf ibn Kahul al Rashid, jeque de Za'daq.

–¿Jeque? ¿Qué significa eso exactamente?

–Líder, príncipe, gobernante.

Tori lo miró, perpleja.

–¿Tú eres el gobernante de Za'daq? ¿De todo el país?

–Así es.

Por segunda vez en media hora, el mundo pareció ponerse patas arriba.

Oliver era el hijo de un jeque, de un príncipe.

–Eso explica el guardaespaldas.

–¿Basim? Es el encargado de mi protección personal.

Tori asintió con la cabeza. Ahora entendía que Ash…
no, Ashraf, hubiese hablado de «su gente» aquella noche.

–¿Cuánta gente quiere matarte?

–No, ya no. Za'daq es ahora un país en paz, pero es
sensato tomar precauciones. Además se espera que un
Jefe de Estado lleve un equipo de seguridad.

«Jefe de Estado». Tori se quedó sin respiración.

–Tranquila, respira –dijo él, apretando su brazo.

Tori miró esos ojos que parecían de ébano. Unos
ojos parecidos a los de Oliver, pero el impacto que
hacían en ella era completamente diferente.

–Estoy respirando. Puedes soltarme.

¿Era desilusión lo que veía en sus ojos?

–Sé que es difícil de creer después del secuestro,
pero podrías viajar por la misma zona ahora mismo y
no te pasaría nada.

–Ese hombre, Qadri, tenía intención de ejecutarte
al amanecer.

Ashraf se echó hacia atrás en la silla.

–Qadri era una reliquia del pasado, un criminal.
Tenía su base de operaciones en una provincia muy
remota, por eso pudo seguir cometiendo delitos durante mucho tiempo. Mi padre, el antiguo jeque, no
tenía intención de resolver un problema tan difícil
porque esa zona estaba demasiado lejos de la capital
y había otras iniciativa más sencillas con las que conseguir adulación.

De modo que Ashraf y su padre no se habían entendido. Algo más que tenían en común.

–Así que enviaste a tus soldados para matar a Qadri. Eso explicaría su violenta reacción.

Él esbozó una sonrisa.

–No envié a mis soldados para matarlo. El jeque de Za'daq respeta las leyes, no se las salta. Pero, dada tu experiencia en mi país, no me sorprende que pienses así.

–¿Entonces qué hiciste?

–Privarlo de su base de operaciones. Crear proyectos para sacar a la zona de la pobreza… sistemas de irrigación, electricidad, colegios –Ashraf sacudió la cabeza–. Solo llevaba seis meses siendo el jeque cuando nos conocimos y esas iniciativas estaban empezando, pero las cosas empezaban a cambiar. La policía detenía a los hombres de Qadri cuando intentaban intimidar a los lugareños y pronto se dio cuenta de que la gente ya no lo veía como el líder de la zona. Tenían oportunidades, podían elegir y ya no dependían de él.

–Por eso hizo que te secuestrasen –murmuró Tori.

–Y, por desgracia, yo se lo puse muy fácil. Fui solo con Basim, mi guardaespaldas, y un guía que estaba a sueldo de Qadri. Fui demasiado temerario y pagué un precio muy alto por ello.

Tori frunció el ceño. Ashraf era un hombre astuto, inteligente y absolutamente decidido.

Y estaba allí por su hijo.

Ese recordatorio provocó un escalofrío en su espina dorsal.

–Te aseguro que ahora Za'daq es un sitio seguro. Tan seguro como tu país.

¿Esa era una forma de decirle que no había peligro para Oliver? ¿Quería llevarse a su hijo?

Tori intentó controlar el pánico. Estaba sacando conclusiones precipitadas. Nadie iba a quitarle a su hijo. Había leyes contra eso y Ashraf había demostrado que respetaba la ley.

Se preguntó entonces por las leyes sobre la custodia de los hijos en Za'daq. Especialmente tratándose de un niño. ¿Oliver sería su heredero?

Tantas preguntas daban vueltas en su cabeza. No podía seguir sentada allí, charlando amablemente como si fueran dos simples conocidos, cuando había tanto en juego.

—Perdona —murmuró, levantándose.

—Entiendo que todo esto es abrumador.

Ella asintió. Sentía como si estuviera en una realidad distorsionada, una realidad en la que Ash... Ashraf, había vuelto de la tumba convertido en un hermoso príncipe.

—Imagina lo que sentí al saber que habías sobrevivido. Y que habías tenido a mi hijo.

Su voz ronca era como una caricia. Después de seis meses de soledad era tan seductor oírlo hablar de «su hijo».

En la pared de cristal vio su expresión sombría y pensó entonces, por primera vez, que todo aquello también era una enorme sorpresa para él.

—Bueno, ¿entonces qué vamos a hacer? —le preguntó.

—Quiero ver a Oliver en cuanto sea posible —respondió Ashraf sin vacilación.

Tori miró su reloj.

—Tengo que terminar un informe, pero no tardaré más de una hora.

Ashraf se limitó a asentir con la cabeza.

—Muy bien, una hora entonces.

Dos horas después, Ashraf paseaba por el saloncito de la casa de Tori, haciendo un esfuerzo para contener su impaciencia.

Al ver a Oliver en la cuna se había debatido entre

el deseo de tomar al niño en brazos y el temor de hacerlo porque él no sabía nada sobre bebés... salvo que eran frágiles.

Oliver.

Había experimentado una reacción visceral al ver a su hijo. Al ver los diminutos puñitos y el brillo de sus ojos negros se había sentido sobrecogido de emoción.

Su hijo. Carne de su carne.

Le habría gustado ver a Tori embarazada y, además, se había perdido seis meses de la vida de su hijo. Seis preciosos meses que nunca podría recuperar. Tenía tantas cosas que aprender, tantas cosas que dar. Se encargaría de que Oliver tuviese todo lo que necesitaba, todo lo que él no había tenido de niño: amor paternal, ternura, confianza.

Estaría involucrado en la vida de su hijo de un modo positivo, no como su padre, que se había distanciado de su hijo pequeño, a quien trataba con desdén y desconfianza. En cambio, se había tomado interés por Karim, cuyos éxitos siempre celebraba, pero Ashraf dudaba que su padre fuese capaz de querer a alguien de verdad.

Un grito interrumpió sus pensamientos. ¿Le pasaba algo al niño?

Quince minutos antes, Tori lo había llevado a una habitación pintada en blanco y amarillo en la que había una cuna, una mecedora, una estantería llena de muñecos de peluche y una alfombra de colores.

Ashraf nunca se había sentido más fuera de lugar. Especialmente cuando sacó al niño de la cuna y vio lo pequeño que era. Tori le había dicho que se pusiera cómodo mientras le cambiaba el pañal y, aunque Ashraf sentía curiosidad, decidió volver al salón para no estorbar.

Su repentina aparición había sido como una bomba para ella y seguramente volver a verlo había renovado los traumáticos recuerdos del secuestro, pensó.

Ashraf frunció el ceño. ¿Era demasiado esperar que se alegrase de verlo? Él estaba acostumbrado a mujeres dispuestas, contentas de estar a su lado, pero Tori parecía inquieta.

La atracción entre ellos había empezado como consecuencia de un peligro mortal, pero por su parte seguía allí, tan fuerte como antes.

Entonces recordó la reacción de Tori cuando tomó su mano, el temblor de sus labios y el brillo en sus ojos azules. Tal vez no quería, pero también se sentía atraída por él.

Ashraf miró su reloj. ¿Cuánto se tardaba en cambiar un pañal? Tenían muchas cosas que discutir y quería conocer a su hijo. Cuando volvió a la habitación, unos ojos brillantes como estrellas se encontraron con los suyos. Tori estaba sentada en la mecedora, con el bebé en brazos… y se le hizo un nudo en la garganta. Tenía la blusa desabrochada, una cabecita oscura sobre su pecho desnudo.

La mirada de Ashraf se concentró en la voluptuosa curva de su pecho y en la manita de su hijo acariciando la piel de alabastro.

El calor del deseo, fiero y primitivo, estalló en sus entrañas con mareante intensidad. Ver a Tori dándole el pecho a su hijo hizo que se sintiera posesivo como nunca.

–No tardaremos mucho –dijo ella en voz baja, mientras intentaba cubrirse el pecho con la blusa–. Casi ha terminado.

Ashraf se dio cuenta de que nada en su vida, ni la experiencia en el palacio, ni la rigurosa vida militar, ni el deliberado hedonismo de sus años como mujeriego lo habían preparado para aquello. Nunca había visto algo tan real, tan profundo y emocionante como aquella escena.

Su hijo.

Su mujer.

Aún no había tenido tiempo para pensar en su futura esposa porque había estado cimentando su papel en un país que no esperaba ni quería que un jeque joven y escandaloso heredase el trono.

Pero aquello no era una cuestión de lógica sino de instinto. Y cuando Tori sonrió, sintió esa sonrisa en sitios que no podía nombrar.

Nunca la había visto sonreír así y quería verlo de nuevo. Quería verla reír, ver sus cuerpos unidos y a ella perdida en el éxtasis del gozo. A la luz del día, no en la oscuridad de una cabaña que olía a terror y a sangre.

—¿Ashraf?

Él intentó sonreír mientras se apoyaba en la puerta, metiendo las manos en los bolsillos del pantalón.

—No pasa nada, no hay prisa. Deja que vaya a su ritmo.

Fuese una coincidencia o no, Oliver eligió ese momento para dejar de mamar. Ashraf tuvo tiempo de ver un rosado pezón antes de que ella lo cubriese a toda prisa. Una cabecita se giró hacia él, unos ojos oscuros se clavaron en los suyos.

Ashraf atravesó la habitación en dos zancadas y el niño lo siguió con la mirada. ¿Era eso normal en un bebé de seis meses o sería Oliver extraordinariamente inteligente? ¿Era una tontería pensar que el bebé intuía el lazo que había entre ellos? Sí, por supuesto que sí.

–¿Quieres tomarlo en brazos?

–Dime cómo debo hacerlo.

Tori sujetó la cabecita del niño y lo colocó sobre su hombro.

–A veces toma demasiado aire con la leche y esto ayuda a que lo expulse –le explicó, acariciando la espalda del niño.

–Imagino que no será fácil darle el pecho cuando tienes que trabajar.

Aunque él no sabía nada sobre eso. Solo que se había quedado clavado al suelo al ver a Tori dándole el pecho a su hijo.

–Extraigo la leche con un sacaleches y la guardo en la nevera.

Se había puesto colorada y Ashraf contuvo el deseo de preguntar qué significaba eso, pero habría tiempo para explicaciones más tarde.

Tori percibió su inquietud y disimuló una sonrisa. Era la primera vez que lo veía apocado. Incluso enfrentándose a una ejecución se había mostrado decidido y valiente. Aún tenía que averiguar cuáles eran sus intenciones con respecto a Oliver, pero se daba cuenta de que estaba conmovido.

Con cuidado, puso al niño en sus brazos, sin soltarlo del todo mientras él se acostumbraba a su peso.

–Hola, Oliver Ashal.

Su tono áspero, emocionado, la enterneció. Cuando empezó a hablarle en árabe, Tori se arrellanó en la mecedora, embelesada con esa imagen.

Ashraf parecía tenso, como si temiera dejar caer al niño, y el corazón de Tori se encogió por el contraste entre el poderoso adulto y el niño diminuto. Verlos juntos despertaba en ella un primitivo instinto maternal.

Pero había algo más. Algo que había estado ahí desde el principio y que, curiosamente, era cada vez más fuerte.

Tori apartó la mirada y se concentró en abrochar el sujetador y la camisa. Había muchas cosas que discutir. La repentina aparición de Ashraf lo había cambiado todo.

—¿Qué es lo que quieres, Ashraf?

—¿A qué te refieres?

—Me refiero a mí, a nosotros.

—Quiero ser el padre de mi hijo.

—No sé cómo vamos a hacerlo. Yo vivo en Australia.

Tori estaba en ascuas. Tenía que conocer sus expectativas.

—Pero no tienes por qué seguir viviendo aquí —dijo Ashraf—. Podrías vivir en Za'daq. Si te casas conmigo, nuestro hijo tendrá la vida que merece.

Capítulo 5

ASHRAF estaba tumbado en el suelo, mirando el techo de la habitación y reprendiéndose por su impaciencia. Ser el gobernante de Za'daq a menudo exigía que hiciese lo imposible para persuadir en lugar de obligar.

Dada su reputación como playboy, y como el hijo ignorado de su padre, tenía que luchar contra los prejuicios y la desconfianza. Estaba acostumbrado a ser paciente y no iba a tolerar que los partidarios de su padre socavasen su autoridad, pero cuando Tori le preguntó qué quería no había podido ser cauto. La oleada de emoción que sintió al tener en brazos a su hijo había sido tan poderosa que no quería soltarlo.

Además, ver a Tori con los botones de la blusa abrochados a toda prisa, los mechones rubios enmarcando su precioso rostro... su corazón se había acelerado de deseo y determinación, pero había sido un error hablarle de matrimonio tan pronto.

Y ahora estaba allí, solo, incapaz de conciliar el sueño, buscando un argumento para convencerla de que aceptase lo que le ofrecía y que, en su opinión, era lo mejor para el niño.

La negativa de Tori era una lección. Él estaba acostumbrado a mujeres dispuestas, no a mujeres que lo miraban con recelo. Seguramente ella pensaba que casarse con un jeque árabe significaba estar encerrada en un harem o algo parecido.

Aunque la idea era muy atractiva, pensó, esbozando una sonrisa torcida. Tenerla siempre a su disposición, reclinándose sobre sábanas de seda con una
invitadora sonrisa…

Ashraf se movió, inquieto. Podría estar tumbado
en la cama de una exclusiva suite en el hotel más pres-
tigioso de Perth, pero estaba tumbado en el suelo de
la habitación de Oliver.

Era culpa suya por haber hablado demasiado
pronto, por hacer tan abrupto anuncio sin darle
tiempo. Tori intentaba mostrarse calmada, pero él había notado que estaba tensa, inquieta.

Por fin, al ver su aspecto cansado, había insistido
en que se fuese a dormir, pero no había vuelto al hotel. Acababa de encontrar a Oliver, y a Tori, y no quería dejarlos tan pronto.

Había sugerido que podría dormir en el sofá del
salón y ella había aceptado, tal vez sabiendo que no
iba a convencerlo para que se fuera o tal vez porque
estaba demasiada cansada como para discutir. Al parecer, al niño le estaban saliendo los dientes y llevaba
varios días sin dormir.

En cuanto metió al niño en la cuna y se fue a su
habitación, Ashraf había tomado las mantas del sofá y
las había extendido sobre el suelo, al lado de la cuna.

Había dormido en sitios peores durante las manio-
bras. Además, era un castigo por no pensar antes de
hablar…

Un grito infantil hizo que se levantase de un salto.
Ashraf encendió la lámpara y miró la carita de su hijo,
arrugada y roja. Sin saber qué hacer, sacó al niño de
la cuna y lo apretó contra su pecho, respirando su
delicioso aroma a talco y a bebé.

Carne de su carne, pensó. La promesa de una larga

y feliz vida. Una vida que él estaba decidido a compartir.

Paseó por la habitación mientras le hablaba en su idioma, en voz baja para no despertar a Tori. Ver sus ojeras lo había hecho sentir tan mal que casi le había pedido que dejase su trabajo y se fuese con él a Za'daq inmediatamente.

Ella no parecía interesada en el matrimonio, pero crear una familia para Oliver y que el niño creciese en el país que algún día gobernaría era lo más importante. Su experiencia como hijo no deseado, excluido por su propio padre, hacía que anhelase que Oliver encontrase su sitio, que fuese aceptado y tuviese todas las oportunidades.

Tori abrió la puerta de la habitación y se quedó boquiabierta. Seguía adormilada, pero se había levantado de la cama por instinto al oír llorar a Oliver. Ahora estaba despierta… y atónita.

Ashraf, alto, atlético y medio desnudo, parecía ocupar toda la habitación. Sus anchos hombros y su musculosa espalda eran una sinfonía de músculos y piel bronceada.

Tori tragó saliva al ver las poderosas piernas y el calzoncillo azul marino que se pegaba a sus fuertes nalgas. A sus pies, la almohada y las mantas que había dejado para él en el sofá.

Había dormido en la habitación de Oliver.

Eso la sorprendió tanto como ver a Ashraf, abrumadoramente viril, meciendo al niño entre sus brazos y hablándole en voz baja.

Por un momento, se permitió imaginar cómo sería si fuesen una familia de verdad. No un matrimonio de conveniencia como él había sugerido sino un matrimonio por amor…

No, era absurdo pensar eso. Los sueños estaban bien, pero no podía confundirlos con la realidad.

–Creo que es mejor que me dejes a mí.

Ashraf se dio media vuelta, sorprendido al escuchar su voz. Era un hombre magnífico y verlo con su hijo la conmovía. Debían ser las hormonas, pensó. Y el cansancio.

Pero en sus brillantes ojos negros vio un reflejo de sus propios sentimientos: amor, protección, responsabilidad.

Ashraf acababa de conocer al niño, pero eso no significaba que sus sentimientos por Oliver fuesen menos poderosos o que tuviese menos derechos sobre él.

Esa idea rompió la armadura mental bajo la que había contenido sus miedos. Se había dicho a sí misma que Oliver era suyo, que Ashraf, jeque de un país tan lejano a quien había conocido en un momento de su vida que prefería olvidar, tenía menos derechos sobre el niño.

Pero no era cierto. Aquel hombre, que seguramente dormía en una cama de oro con sábanas de seda, rodeado de todos los lujos imaginables, se había tumbado en el suelo de la habitación de su hijo...

–Tori, ¿estás bien? –le preguntó Ashraf, poniendo una mano sobre su hombro.

–Estoy bien –murmuró ella.

Tan bien como podía estarlo cuando un terremoto acababa de ponerlo todo patas arriba.

No sabía lo que le esperaba en el futuro, pero no iba a ser lo que ella había imaginado.

Tan cerca de él, su evocador aroma a canela y a hombre provocó un cosquilleo en sus pezones. Y no era solo una reacción al grito de hambre de Oliver. El cosquilleo estaba conectado con el latido entre sus piernas...

–¿Tienes frío? –le preguntó él.

No, estaba ardiendo.

¿Cómo podía reaccionar de ese modo con un hombre al que apenas conocía? Ella no era promiscua por naturaleza, pero con Ashraf...

Se había dicho a sí misma que esa noche en Za'daq se habían dejado llevar porque estaban en peligro mortal, que se habían visto empujados por el primitivo impulso de procrear y asegurar la supervivencia de otra generación. ¿Pero qué excusa tenía ahora?

Era como si estuviesen conectados de algún modo.

–No, solo estoy un poco cansada.

–Voy a hacerte un té.

Ashraf puso al niño en sus brazos y salió de la habitación para ir a la cocina. Cualquier cosa para alejarse de Tori y calmarse un poco.

Con esos ojos adormilados, los pechos altos que se transparentaban bajo el camisón...

Había querido apretarse contra ella, el deseo como una garra urgente e imparable.

Verla con las mejillas arreboladas, el camisón de color amarillo con una fila de botoncitos, seguramente para que dar el pecho fuese más fácil, se sentía bombardeado por los recuerdos de aquella noche en el desierto, cuando se perdió en su delicioso cuerpo, disfrutando de sus suaves gemidos y del increíble éxtasis del encuentro, que había trascendido la brutal realidad en la que se encontraban.

Ashraf frunció el ceño mientras tomaba la tetera para llenarla de agua. Sus conquistas habían sido exageradas, pero estaba acostumbrado a mujeres sofisticadas, versadas en el arte de la seducción. Estaba acostumbrado a la seda y el satén, no al sencillo algodón con florecitas bordadas, ni a madres que daban el pecho.

Ashraf sacudió la cabeza. Nada en aquel viaje estaba yendo como había esperado, pero debía acostumbrarse porque no tenía intención de renunciar a su hijo. Ni a Tori.

Tori había terminado de darle el pecho a Oliver, pero Ashraf no había vuelto a la habitación.

–¿Cambiamos?

Ella giró la cabeza, apretando al niño contra su pecho.

Ashraf no se había molestado en vestirse y tuvo que apartar la mirada. Ella no era particularmente tímida, tal vez porque estaba acostumbrada a acompañar a su padre a eventos públicos desde que era niña, o porque las mujeres geólogas seguían siendo una minoría. Como resultado, había aprendido a esconder cualquier gesto que pudiese parecer una debilidad femenina.

Ashraf dejó la taza de té sobre la cómoda y alargó los brazos para tomar al niño.

–Está casi dormido –dijo ella, apretando a Oliver contra su pecho en un gesto protector.

–Mejor. Lo tendré en brazos un rato mientras tú tomas el té.

Tori no podía protestar, de modo que le pasó al niño, consciente de su desnudez bajo el camisón y del roce del brazo de Ashraf.

Aunque él no se dio cuenta porque solo miraba a Oliver. Mientras acariciaba la cabecita del niño con su enorme mano, algo se encogió en el pecho de Tori.

–Esto está muy rico –murmuró, después de probar el té.

–Hasta los reyes son capaces de calentar agua –bromeó él.

–Yo esperaba un té normal.

Ashraf enarcó una oscura ceja.

–No sabía cómo lo tomabas y no quería interrumpirte, así que te he preparado mi té favorito.

–Limón, miel y… –Tori hizo una pausa– ¿jengibre?

Él asintió, sin dejar de mirar a su hijo.

Tori tomó aliento, armándose de valor. Ashraf le había hablado de sus intenciones y ella debía hacer lo propio.

–He estado pensando.

–¿Y bien?

Daba igual que estuviese medio desudo, Ashraf era tan formidable como un soberano con un manto de armiño y una corona.

–No puedo casarme contigo, pero entiendo tu deseo de estar involucrado en la vida de Oliver –dijo Tori por fin–. Aunque lo de ser un príncipe… sobre eso no estoy tan segura. Imagino que algún día te casarás y tendrás otros hijos que hereden el trono, ¿no?

–No tengo intención de casarme con otra mujer.

Tori tragó saliva. No debería, pero sus palabras la emocionaron. Aunque era absurdo pensar que pudiese importarle como algo más que la madre de Oliver.

Por supuesto que se casaría. Alguna glamurosa princesa lo cautivaría y le daría otros hijos.

–No sé si quiero que Oliver se convierta en príncipe de Za'daq.

Ashraf frunció los labios.

–¿Porque crees que mi país no es seguro? Es comprensible después de lo que pasó, pero te prometo que todo ha cambiado.

—En parte es por eso, sí, pero no del todo.

¿Cómo podía explicarle que le horrorizada la idea de que su precioso hijo no pudiese elegir qué clase de vida quería? Durante su infancia ella había sido un peón para las maquinaciones políticas de su padre y lo había odiado por ello, especialmente cuando entendió que le importaba más el autobombo que el servicio público.

—Quiero que Oliver tenga la oportunidad de ser un niño como los demás.

No quería que Ashraf lo usara cuando las encuestas de opinión fuesen negativas.

—Podrá serlo, te doy mi palabra.

—Pero has dicho que está destinado a ser el jeque de Za'daq. ¿Y si no quisiera serlo?

—¿Eso es lo que te preocupa? —Ashraf sacudió la cabeza—. La mayoría de las mujeres estarían encantadas al pensar que su hijo va a heredar tanto poder.

—La mayoría de las mujeres no han tenido un padre que se dedica a la política. El poder no debería ser un objetivo —Tori hizo una pausa, sopesando sus palabras—. Pero lo es para muchos de los que se dedican a la política.

Su padre decía que pensaba en el bien público, pero ella sabía que solo quería aclamación y poder.

—Tienes razón, el poder es una responsabilidad —dijo Ashraf, estudiándola en silencio durante unos segundos.

Tori desearía llevar algo más que el camisón para protegerla de su penetrante mirada.

—Pero quieres atar a tu hijo al poder antes de que entienda lo que es.

Ashraf apretó los labios, mirándola con seriedad.

—Oliver heredará todo lo que le pertenece a mi hijo —respondió, mirándola a los ojos.

Tori se quedó sin aliento. Era formidable, imponente, y la atracción que sentía por él era como una efervescencia en su sangre.

A pesar de su desdén por los hombres poderosos, el poder era algo intrínseco para Ashraf y, sin embargo, se sentía atraída por él. Aunque una vocecita le pedía que mantuviese las distancias.

—Nadie obligará a Oliver si de verdad no quiere convertirse en jeque. Mi hermano Karim era el heredero del trono, pero cuando mi padre murió, Karim renunció a ese derecho y yo fui proclamado jeque de Za'daq.

Tori querría preguntar por qué su hermano había renunciado al título y si Ashraf había querido ocupar el trono, pero su seria expresión le advertía que no era el momento.

—No creo que sea demasiado pedir que nuestro hijo tenga acceso a las dos culturas.

—Estoy de acuerdo con eso —dijo Tori.

—¿Ah, sí?

—Claro que sí. Tengo serias dudas sobre eso de ser jeque, pero estoy dispuesta a aceptar tu sugerencia. No la de casarnos —se apresuró a decir— sino llevar a Oliver a Za'daq para que conozca el país.

Ashraf permaneció en silencio. No sonrió, no asintió con la cabeza, nada.

—Gracias, Tori —dijo por fin, tomando su mano.

El calor que la envolvió le recordó las diferencias físicas entre ellos. Unas diferencias que, para su consternación, la excitaban como nunca.

—Eres tan generosa como sensata y bella —dijo él entonces, besando su mano.

—No tienes que darme jabón.

—¿Qué?

Ella esbozó una sonrisa. Era enternecedor que no entendiese esa expresión.

—No es necesario que me halagues —le explicó.

—Yo nunca halago, sencillamente digo la verdad.

Tori miró su mano deseando… ¿qué? ¿Haberlo conocido en otras circunstancias? Ashraf seguiría siendo el rey de su país y, por lo tanto, un hombre inalcanzable para ella. ¿Deseando que fuese otra persona, tal vez un hombre al que hubiese conocido en una barbacoa?

No, imposible. La identidad de Ashraf era, en parte, lo que lo hacía tan interesante, pero esa no era la razón por la que había cambiado de opinión. Había sido su genuino interés por Oliver, su determinación de ser parte de la vida de su hijo, verlo acunándolo mientras lloraba porque le estaban saliendo los dientes.

Una cosa era segura: Ashraf no sería un padre que solo apareciese en los momentos divertidos. Estaría a su lado en los buenos y los malos momentos. Oliver no merecía nada menos.

Se dio cuenta entonces de que seguía apretando su mano y la apartó discretamente.

—Tardaré algún tiempo en organizarlo todo para el viaje. Acabo de empezar en este trabajo y no puedo…

—Pedir unos días de excedencia no será un problema.

Tori lo miró con desconfianza.

—No habrás preguntado sin consultarme, ¿verdad?

Ashraf negó con la cabeza.

—Conozco al presidente de la compañía y sé que está interesado en buscar yacimientos de diamantes en Za'daq.

Tori se quedó sorprendida. La posibilidad de encontrar diamantes y otras gemas en la región era lo que la había llevado a Assara y su experiencia allí era la razón por la que había conseguido aquel puesto de trabajo.

—¿Has hablado con él?

—No, pero él sabe que fui a verte y si le ofrezco la posibilidad de hacer prospecciones en mi país no pondrá objeciones a unos días libres.

Tori abrió la boca y volvió a cerrarla. Por supuesto que no. La empresa incluso pagaría el viaje, pero se sentía acorralada y eso no le gustaba. Había pensado que tendría más tiempo antes de llevar a Oliver a Za'daq. Un año tal vez.

—Aún no tengo pasaporte para el niño.

—Ningún problema, eso es algo que puedo solucionar en unas horas.

Tori, inquieta, tomó a Oliver para meterlo en la cuna.

—Ya has hecho averiguaciones, ¿verdad? –le preguntó. Y la expresión de Ashraf se lo confirmó–. No me digas que ya tienes el pasaporte.

—No puedo obtenerlo sin tu consentimiento, pero mi gente ha hablado con las autoridades australianas y no hay ningún problema. He cancelado mi agenda para venir aquí, pero tengo que volver a mi país. Podemos irnos mañana mismo.

—¡Mañana! No, eso es imposible.

—No es imposible. Esa es una de las ventajas de ser un Jefe de Estado, pero no pareces contenta de no tener que hacer todo el papeleo. ¿No hablabas en serio cuando has dicho que Oliver podía ir a Za'daq?

—Pues claro que sí, pero es demasiado pronto.

—¿Por qué? Dime cuál es el problema, Tori. No puedo solucionarlo si no sé cuál es.

Ella tomó aire.

—El problema es que siento que estás tomando el control de mi vida, como si yo no tuviese nada que decir. Me pregunto cuánto poder tienes en Za'daq y si podrías quitarme a Oliver.

Ashraf se sintió culpable. Por supuesto que estaba preocupada, sería una irresponsable si no lo estuviera. Era cierto que, una vez que reclamase a Oliver como heredero, él tendría autoridad para retener al niño en Za'daq o hacer que la deportasen, pero se negaba a vivir al otro lado del mundo y haría lo que tuviese que hacer para estar a su lado. Casarse con Tori sería la solución, pero solo si ella quería hacerlo.

Lo deseaba, lo había visto en su reacción, en el brillo de sus ojos. Pero para convencer a una mujer como ella haría falta paciencia y diplomacia. Podría seducirla allí mismo, pero le debía algo más que eso. Aunque estaba impaciente por tenerla de nuevo.

—Te doy mi palabra de que no intentaré retener a Oliver en Za'daq si tú quieres volver a Australia.

Capítulo 6

DOS DÍAS más tarde, Tori miraba el desierto y unas montañas cubiertas de niebla a lo lejos por la ventanilla del avión privado de Ashraf. Si no fuese por las montañas, aquello podría ser la zona árida de Australia, pero el nudo de inquietud que tenía en la garganta desmentía tal comparación.

Allí era donde la habían secuestrado, donde esos hombres…

Ashraf apretó su mano, como si hubiera leído sus pensamientos.

–¿Estás bien?

No, no estaba bien. Se había dicho a sí misma que podía hacerlo, que era lo que debía hacer, pero el desierto evocaba recuerdos terribles.

–Sí, estoy bien –murmuró, intentando calmarse.

Ashraf debía haber notado su ansiedad, pero en lugar de apartarse o cambiar de tema se inclinó hacia ella, el calor de su cuerpo atravesando la chaqueta y la camisa.

Tori se mordió los labios, atónita por la repentina punzada de deseo. Incluso ahora, con esos horribles recuerdos amenazando su frágil compostura.

–Esas colinas marcan la frontera entre Za'daq y Assara. Te secuestraron allí y luego te llevaron al campamento en este lado de la frontera, por eso no encontrábamos tu rastro. Si hubieras trabajado en Za'daq, al menos habría podido identificarte por la visa de trabajo.

Tori miró las montañas con el estómago encogido.

—El paisaje es muy parecido en un lado y otro de la frontera.

—Es una zona muy pobre —siguió él—. Esa es una de las razones por las que estoy pensando permitir la exploración mineral en la región.

—Las minas no siempre llevan prosperidad para la gente de la zona. Además, la mayoría de las empresas llevan a sus propios expertos.

Tori trabajaba en la industria, pero eso no significaba que no viese sus defectos.

—Eso depende de los términos que se negocien. No firmaré los permisos a menos que prometan dar empleo a la gente de la zona y que parte de los beneficios se inviertan en iniciativas regionales.

Tori parpadeó. En su experiencia, los beneficios eran siempre para los millonarios inversores.

—Eso es admirable.

—¿Pensabas que tenía un interés personal? —le preguntó Ashraf con tono distante, incluso molesto.

—No, no…

—No pasa nada, Tori. Es lo que piensa mucha gente —dijo él, con cierta amargura—. Pero de verdad estoy interesado en mi país. Quiero que prospere, que se modernice.

Tori se sentía intrigada, no solo por sus palabras sino por el gesto de vulnerabilidad que desmentía su altiva expresión.

—¿Tus compatriotas no creen que estés interesado en ellos?

Ashraf se encogió de hombros.

–Algunos sí, no todos. Me pasé varios años escandalizando a la sociedad con un estilo de vida temerario y egocéntrico y para algunos es difícil creer que he cambiado.

–¿Estás citando a alguien?

–¿Perdón?

–Eso de ser temerario y egocéntrico. Parecen las palabras de otra persona –dijo Tori. ¿Quién lo habría dicho? ¿Y por qué esas palabras se habrían quedado grabadas en su mente?, se preguntó–. Ahora no eres temerario y egocéntrico.

No era una pregunta. ¿Cómo iba a serlo cuando había intentado protegerla en el desierto, la había buscado durante más de un año, había aceptado su papel como padre de Oliver sin cuestionar nada, sin sugerir siquiera una prueba de paternidad?

Él enarcó una ceja, como si dudase de su favorable opinión.

–Espero no serlo.

Tori había indagado en internet y había descubierto que, aunque su comportamiento había sido notorio algún tiempo atrás, durante los últimos dos años apenas había salido de Za'daq. En todas las fotografías aparecía muy serio, normalmente rodeado de cortesanos o líderes regionales. Los artículos eran sobre temas políticos o sociales, mejoras en las infraestructuras del país, por ejemplo.

Pero antiguas noticias mostraban al joven Ashraf rodeado de paparazzi, esquiando en las pistas más famosas, nadando en fabulosas islas del Pacífico o el Caribe, frecuentando casinos y discotecas.

Había visto fotos del príncipe Ashraf saliendo de un casino al amanecer, acompañado no de una modelo sino de tres, todas mirándolo como si quisieran comérselo, fotos de él nadando desnudo frente al yate de un multimillonario después de una fiesta...

—¿Crees que me conoces? –le preguntó él. Y, por su tono, no sabía si estaba molesto, intrigado o sencillamente haciendo una observación.

Tori se encogió de hombros.

—Hay muchas cosas que no sé sobre ti, pero hemos compartido una experiencia muy intensa y yo no te describiría como un hombre egocéntrico.

—¿Cómo me describirías?

Tori contuvo el aliento.

Magnético, sexy, turbador. Y un paso por delante de ella desde que volvieron a verse en Perth. Sentía como si estuviera jugando con alguien que conocía las reglas de un juego que ella aún tenía que aprender. Y, sin embargo...

—Decidido, obstinado, responsable. Acostumbrado a salirte con la tuya.

Lo oyó reír, pero no quería mirarlo. Sabía cuánto le afectaba su sonrisa y no quería volver a verla cuando se sentía tan... insegura.

—Ojalá fuese verdad. Ser el jeque de Za'daq significa tener que controlar mi impaciencia e intentar convencer a otros para que compartan mi visión sobre el futuro del país.

—Pensé que el jeque de Za'daq tenía poder absoluto. ¿No puedes hacerlo por decreto o algo así?

—Veo que has hecho tus deberes.

—He leído algo sobre tu país, pero no he descubierto mucho.

—Tendrás tiempo para descubrir todo lo que quieras –dijo él, mirándola a los ojos–. Y es verdad, en teoría tengo poder para hacer lo que quiera, pero en la práctica los jeques trabajan con un Consejo Real formado por poderosos líderes provinciales. Sería una locura hacer grandes cambios con los que el Consejo no estuviese de acuerdo.

Su tono era sereno, pero Tori notó una emoción contenida. O tal vez estaba imaginándolo. Esencialmente, Ashraf era un extraño.

–¿Y la zona en la que nos secuestraron…?

–Es una provincia fronteriza, pero ahora está en paz. No tienes nada que temer. Oliver y tú estaréis a salvo en mi país.

A salvo de los bandidos quizá, pero Tori intuía que el verdadero peligro provenía del hombre que estaba sentado a su lado. El hombre que estaba decidido a criar a Oliver como un príncipe, el hombre que acababa de poner su vida patas arriba.

Se alegró de que apretase su mano mientras aterrizaban, pero cuando bajó por la escalerilla el sol del desierto la cegó y el olor de la tierra seca, ese olor indefinible asociado con el desierto, la acobardó.

Ashraf la tomó del brazo, hablándole en voz baja mientras recorrían la pista, y ella apretó a Oliver contra su pecho. El aeropuerto había sido construido el año anterior, le contó, porque quería convertir a Za'daq en un centro de transportes regional. No hablaba como un orgulloso jeque sino como alguien interesado en los cambios en su país, pero Tori veía un brillo de preocupación en sus ojos y se habría derrumbado si no tuviese a su hijo en brazos.

«Él lo entiende. Sabe que tengo miedo».

Nada la había preparado para ese ataque de pánico y tomó aire, respirando el dulce aroma de Oliver.

–Tanto desarrollo en tan poco tiempo –consiguió decir, con voz ronca–. No ha debido ser fácil.

–No, desde luego.

Un grupo de gente esperaba frente a la terminal y Tori se sintió agradecida por el apoyo de Ashraf. Especialmente cuando vio el gesto de desaprobación, apenas disimulado, de algunos de ellos. Un hombre mayor saludó al jeque con una reverencia, pero su desdeñosa mirada dejaba claro que no aprobaba a sus acompañantes.

Ashraf habló con el hombre en árabe y se volvió hacia ella.

–Lo siento, pero ha ocurrido algo que requiere mi atención –se disculpó–. No podré acompañarte al palacio, pero estarás bien atendida. Bram se encargará de todo.

Un hombre de piel morena y ojos azules, con una cicatriz en la cara, la saludó inclinando la cabeza.

–Encantado de conocerla, señorita Nilsson.

–Lo mismo digo… Bram.

–Sígame, por favor.

Tori miró a Ashraf, su ancla en aquel sitio tan extraño, y tuvo que contenerse para no tomarlo del brazo. ¿Iba a dejarla sola cuando acababan de llegar a Za'daq?

Unos minutos después, iban de camino a la capital en una lujosa limusina. Bram, en el asiento del copiloto, se volvió para mirarla con una sonrisa en los labios.

–Ese es nuestro destino, el palacio real –le dijo, señalando un edificio blanco a lo lejos.

Tori tragó saliva. Claro, un rey viviría en un palacio. Tenía tantas cosas en la cabeza que ni siquiera había pensado en eso.

El magnífico palacio de piedra blanca, situado sobre una colina, tenía torres de cuento de hadas y cúpulas que parecían de oro. La limusina atravesó una

verja de hierro forjado y recorrió un camino flan-
queado por árboles, pero tardaron unos minutos en
llegar frente al edificio.

Tori se quedó sin aliento al ver los lustrosos mosaicos de colores, las estatuas de mármol, las cantarinas
fuentes en el jardín.

¿Aquel era el hogar de Ashraf? ¿El sitio en el que
quería que viviese Oliver? Era un monumento a la ri-
queza y el poder. A pesar de su belleza, Tori sintió un
escalofrío.

Daba igual que solo estuviera de visita o que él no
hubiese vuelto a mencionar el matrimonio. Sospechaba que Ashraf no era un hombre que se rindiese
fácilmente cuando quería algo y si era parte de la vida
de su hijo también lo sería de la suya.

Tori miró el pantalón azul y la sencilla chaqueta
que llevaba. Le había parecido un atuendo perfecto
para el viaje, pero ahora se sentía fuera de lugar.

¿Pero cómo debía vestirse para vivir en un palacio
de cuento de hadas?

Le dieron ganas de reír al imaginarse con gemas y
capas de armiño, o lo que fuera que llevaban las personas que vivían en un sitio así.

Si Ashraf estuviese a su lado todo sería más fácil,
pensó entonces. Aunque ella siempre había cuidado
de sí misma y era especialmente importante que lo
hiciese en ese momento, cuando Ashraf la había llevado al país al que no había querido volver nunca.

¿Había cometido el mayor error de su vida al ir
allí? Había aceptado su proposición cuando estaba
cansada, estresada y sorprendida por su aparición
cuando ella lo creía muerto. Se había emocionado al
verlo tan cariñoso con el niño y era tan carismático
que su corazón se había acelerado locamente. Ese

cuerpo tan viril, esos ojos increíbles que parecían ver dentro de su alma. Incluso la cicatriz en sus costillas que le recordaba la terrible experiencia que habían compartido la hacía sentirse unida a él, como si compartiesen algo profundo.

Tori hizo una mueca. Compartían algo profundo e importante, a Oliver.

Por supuesto, había hecho bien al ir allí. Aquel era el primer paso para llegar a un acuerdo sobre cómo iban a criar a su hijo.

¿Cuánto tiempo había pasado desde que Ashraf apareció en la sala de juntas y su corazón había estado a punto de salirse de su pecho? Solo un par de días, pero le parecía una eternidad.

La limusina se detuvo, pero no frente a la puerta principal del palacio sino frente a una puertecita lateral. Un criado uniformado abrió la puerta del coche y Bram la acompañó al interior. El amor propio hizo que Tori levantase la cabeza mientras era presentada al chambelán, un hombre algo mayor ataviado con una túnica blanca.

Un poco más tranquila, logró hacer lo que no había hecho con Bram en el aeropuerto, saludar al hombre en árabe, algo que pareció sorprenderlo gratamente.

Después, Bram la llevó por un laberinto de pasillos.

–Su suite está aquí, en esta zona del palacio –le dijo, abriendo una puerta–. Tendrá una doncella personal y una niñera… ¿no le gusta la suite? Si no es así, podemos…

–Claro que me gusta –lo interrumpió ella–. Muchas gracias, Bram.

Tori miró la pared de mosaicos dorados. Pero no podían ser de oro, ¿no? Había dos elegantes sofás de color blanco, tiestos con fragantes orquídeas sobre elegantes mesitas…

Era una suite increíblemente lujosa y se sentía fuera de lugar, pero también desesperada por dejarse caer en uno de esos sofás y cerrar los ojos.

Al otro lado de las ventanas había un recoleto jardín con una invitadora piscina.

–Tiene dos dormitorios, uno para usted y otro para el bebé –estaba diciendo Bram–. Hemos instalado una cuna y todo lo que nos ha parecido necesario, pero si necesita algo solo tiene que pedírselo a la doncella o llamarme por teléfono.

–Gracias, es muy amable por tu parte.

Veinte minutos después estaba dándole el pecho a Oliver, sentada en una sillón tan cómodo que parecía hundirse en él. A su lado, sobre una mesita, un zumo en un vaso helado y una selección de pastelillos que había llevado una simpática criada.

Estaba rodeada de lujos, de gente dispuesta a complacerla y, sin embargo, mientras miraba alrededor se preguntó si se habría metido en una trampa.

Una trampa concebida por un hombre decidido a retener a su hijo a cualquier precio.

Capítulo 7

YA HAY conjeturas sobre la señorita Nilsson.

–¿Tan pronto? –murmuró Ashraf.

Los chismosos de palacio eran más eficientes que cualquier moderno software de comunicación. Debería haberlo esperado, pero se había convencido a sí mismo de que tendría tiempo. Se enfrentaba a un escándalo público cuando la verdad sobre la identidad de Tori y Oliver fuese conocida por el público, pero no lo lamentaba. ¿Qué podía haber hecho más que llevarlos a Za'daq?

–Cuando el ministro del Interior supo que venías con una acompañante…

–Inventó una razón para ir a recibirme al aeropuerto –lo interrumpió Ashraf.

El ministro del Interior había sido amigo de su padre y esperaba que el nuevo rey diese un paso en falso.

Ashraf no se engañaba a sí mismo. Sabía que los poderosos hombres que formaban el círculo íntimo de su padre tenían esperanzas de que hiciese algo mal y que su hermano, Karim, volviese a Za'daq para ocupar el trono.

Pero eso no iba a pasar.

Las razones de Karim para rechazar la corona eran privadas. Volvería a Za'daq algún día, pero solo de

visita. Solo ellos sabían la razón de su renuncia y Ashraf lo quería demasiado como para traicionar su secreto. Ni siquiera para frenar las maquinaciones de
los que intentaban desestabilizar su reinado.

Estaba seguro de que podría lidiar con ellos. La
vida lo había hecho más duro y decidido que aquellos
que esperaban que fracasase. En cuanto a ser subesti-
mado… ya aprenderían. Nunca había sido suficiente
para su padre, pero estaba decidido a ser el jeque que
Za'daq necesitaba.

—Si te sirve de consuelo, hemos descubierto quién
ha filtrado la noticia. Es un empleado del departamento administrativo.

—¿Lo has despedido?

—No, le he ofrecido otro puesto coordinando la
campaña de inmunización infantil en las provincias
fronterizas. Así tendrá una oportunidad de usar su ta-
lento para diseminar información.

Ashraf esbozó una sonrisa.

—Solo tú puedes convertir un problema en una
oportunidad.

Su viejo amigo era un experto en hacer eso, posiblemente porque la vida no se lo había puesto fácil.

—Para eso me pagas.

Él hubiera despedido al empleado sin pensarlo dos
veces porque, como su padre solía decir, era demasiado impulsivo. Aunque había cambiado con el paso
de los años. En el ejército había aprendido a pensar
estratégicamente, pero a veces su deseo de acelerar los
cambios hacía que tomase decisiones apresuradas.
Como ir a territorio de bandidos con un solo guardaespaldas.

Ashraf se pasó una mano por el cuello.

—La noticia está contenida por el momento —siguió

Bram–. Nadie sabe quién es la señorita Nilsson, solo que ha venido de visita a Za'daq con su hijo.

–Quiero que siga siendo así durante el tiempo que sea posible.

El tiempo que necesitaba para convencer a Tori de que debía casarse con él.

–Nadie debe saber cómo nos conocimos.

–Por supuesto. Admitir que fuiste secuestrado en tu propio país…

–No es solo eso. Tori se sentiría avergonzada si el mundo entero supiera cómo concebimos a nuestro hijo.

Ese encuentro con Tori, en las que había creído sus últimas horas de vida, había sido una bendición, pero no quería que la prensa o los amigos de su padre descubriesen los detalles y los convirtieran en salaces cotilleos. Al menos podría ahorrarle eso.

–Cuando llegue el momento, el mundo sabrá que nos conocimos y tuvimos un hijo, pero nada más.

Bram asintió.

–No será difícil. El equipo de rescate nunca vio a la señorita Nilsson.

–Muy bien. ¿Hemos terminado? –le preguntó Ashraf.

Llevaba horas en el despacho y quería ver a Tori y Oliver para asegurarse de que ella no estaba planeando tomar el primer avión de vuelta a Australia.

Su gesto preocupado en el aeropuerto, cuando le dijo que fuese con Bram al palacio, había dejado claro cuánto estaba pidiéndole. Parecía asustada, perdida.

La mujer que se había mostrado tan valiente durante el secuestro, la que había tenido a su hijo sin ayuda de nadie, estaba asustada por su culpa. Ashraf había tenido que hacer un esfuerzo sobrehumano para no reprender públicamente a los políticos que la miraban con desdén y renegar de la reunión que había sido organizada durante su ausencia.

Había controlado el impulso de mandarlos al infierno porque sabía que tenía obligaciones, responsabilidades. De modo que debía despedirse de Tori y Oliver, su familia.

Esa palabra lo dejó sin aliento.

Debido a su infancia, Ashraf nunca había pensado en crear una familia propia. Pero lo había hecho y eso era tan satisfactorio como turbador.

Bram se aclaró la garganta, interrumpiendo sus pensamientos.

–¿Alguna cosa más?

–No, nada. Hemos terminado por hoy, pero mañana hay mucho trabajo. De repente, la mitad de los ministros tienen que verte urgentemente.

Ashraf enarcó una ceja.

–Seguro que sí. Si pusieran tanta energía en poner en marcha mis iniciativas como en intentar socavar mi autoridad, este país funcionaria a las mil maravillas.

–Dos gobernadores se han puesto en contacto esta semana, entusiasmados por los resultados de las últimas iniciativas. Puede que las cosas estén cambiando.

«O que nunca serás aceptado por interesantes que sean tus iniciativas políticas. Eres un extraño para esta gente, siempre lo has sido y nada cambiará eso».

Esa vocecita siempre había estado ahí, minando sus intentos de ser un hijo del que su padre estuviera orgulloso.

–Esperemos que así sea –murmuró.

Y también esperaba poder convencer a Tori. Había aceptado visitar Za'daq, pero para persuadirla de que aceptase su proposición de matrimonio haría falta algo más que diplomacia.

Ashraf llamó a la puerta de la suite y, cuando no obtuvo respuesta, asomó la cabeza. No había nadie en el interior.

¿Se habría marchado del palacio?

No, Tori no haría eso, pensó.

Volvió sobre sus pasos y, al verla tumbada en una hamaca frente a la piscina, con Oliver a su lado en una cuna portátil, Ashraf dejó escapar un suspiro de alivio.

Se le encogía el corazón al mirar a su hijo. En cuanto a Tori…

Solo llevaba un biquini rojo, el pelo rubio cayendo sobre sus hombros.

Ashraf tuvo que cambiar de postura. Deseaba a Victoria Nilsson. La quería desnuda y dispuesta. Quería mucho más que eso. Todo lo que descubría sobre ella lo atraía. Además, quería ese amor maternal para su hijo, el cariño y el apoyo incondicional que él no había tenido.

Tori abrió los ojos en ese momento y, por un segundo, Ashraf vio en ellos un brillo de alegría. Pero solo durante un segundo porque se incorporó enseguida para tomar una camisa, mirándolo con recelo.

–Relájate.

Ashraf se sentó en una silla a su lado. Tenía que concentrarse en algo que no fuese su cuerpo. Se negaba a traicionar el deseo que experimentaba cada vez que ella estaba cerca.

Hizo un esfuerzo para concentrarse en esa zona del jardín. No había estado allí nunca. Las habitaciones reales estaban en otra ala del palacio y nunca se había molestado en visitar los apartamentos para invitados. Bram había elegido bien, pensó. El jardincillo rodeado de árboles era muy agradable y, sobre todo, discreto.

—¿Te gusta tu suite? Si le falta algo…

—No le falta nada —lo interrumpió ella—. Es preciosa… demasiado preciosa.

¿Por qué decía eso? ¿No se daba cuenta de que tendría mucho más siendo su esposa? Tal vez los lujos le daban igual. Otro recordatorio de que no se parecía a nadie.

—Me alegra ver que estás descansando. Han sido unos días muy turbulentos para ti.

¿Cómo se las habría arreglado durante esos meses, sola con Oliver mientras empezaba una nueva vida en una ciudad desconocida, sin familia, y teniendo que trabajar?

—Eso es decir poco —respondió ella con una sonrisa.

De nuevo, Ashraf sintió ese frágil entendimiento entre los dos. Era raro. Solo lo había sentido con su hermano y con Bram, los dos hombres que lo conocían de verdad. Sonriendo, se echó hacia atrás para mirar el precioso jardín. Hacía tanto tiempo que no se tomaba un día libre.

Sobre la mesa había un libro e inclinó la cabeza para leer el título.

—¿Estás aprendiendo árabe?

Tori hizo una mueca.

—Intentándolo. Me ha parecido buena idea.

—Es una idea excelente —dijo él, esbozando una sonrisa de satisfacción—. Pero no necesitas un libro, te asignaré un tutor.

En lugar de darle las gracias, Tori frunció el ceño.

–No es necesario. Solo estoy aquí de visita.

–Muy bien, como quieras.

–No puedes esperar que me case contigo –dijo ella entonces.

Ashraf disimuló un gesto de impaciencia. ¿Cómo podía hacerla entender que quería proteger a su hijo? ¿Hacerle ver que Oliver sufriría si no lo protegían entre los dos?

Sabía que la relación de Tori con su padre no era buena, pero había crecido con una madre y un padre, una familia. Había sido querida.

Oliver contaría con el amor de su padre y su madre, aunque no estuviesen juntos, pero eso no era suficiente porque él conocía de primera mano la soledad de ser diferente, los venenosos rumores, la continua batalla para ser aceptado.

Haría lo que fuese necesario para que su hijo no tuviera que pasar por eso y solo había una forma de convencer a Tori. Había planeado seducirla, pero aunque eso podría ayudar, Tori era una mujer reflexiva que sopesaba todas las opciones. El placer sexual no sería suficiente, necesitaba razones concretas.

Pensar en confesarle esas razones hacía que su frente se cubriese de sudor porque el pasado era algo que no quería recordar.

–La familia es muy importante –empezó a decir.

–Claro que sí, pero Oliver puede tener una familia sin que nos casemos.

–Esa no es la clase de familia que el niño necesita.

–¿Por qué no?

–Za'daq es un país moderno en ciertos sentidos, pero en otros sigue siendo muy tradicional.

–¿Estás diciendo que debemos casarnos porque te

preocupa lo que piense tu gente? ¿Crees que merece la pena ser infeliz para contentar a la opinión pública? No nos conocemos, Ashraf. Seguramente no tenemos nada en común.

–Nos respetamos, nos gustamos, nos sentimos atraídos el uno por el otro.

Se deseaban ardientemente sería una descripción mejor, pero intuyó que ella se opondría a una expresión tan descarnada.

–Eso no es suficiente.

–¿Quieres amor romántico? –le preguntó él, mirándola a los ojos.

–Normalmente, esa es la base para un matrimonio.

–En tu país, no en el mío. Aquí el amor llega con el tiempo, con el respeto mutuo y las experiencias compartidas. Y nosotros tenemos todo eso.

–¡Compartimos una noche en una celda!

–Una experiencia muy intensa –insistió él–. No puedes negar la conexión que hay entre nosotros, Tori. Es mucho más fuerte que si nos hubiéramos conocido de la forma habitual. Tenemos todo lo que hace falta para formar un buen matrimonio y, por Oliver, al menos deberíamos intentarlo –Ashraf hizo una pausa–. Quiero que nuestro hijo tenga lo que yo no tuve, un padre y una madre que lo quieran, que estén a su lado y lo apoyen en todo porque sin eso la vida puede ser muy dura. Y yo no quiero eso para Oliver.

–No sabía que hubieras tenido una infancia difícil –murmuró ella.

–Quiero que mi hijo tengo lo mejor en todos los sentidos. Puedo declararlo hijo legítimo para regularizar su posición, pero también quiero que sea parte de una familia de verdad –Ashraf hizo una pausa, mirando al inocente niño al que quería ahorrar cualquier sufrimiento–. Quiero protegerlo del desdén y los prejuicios. Y no deseo que piense, ni por un momento, que no estoy comprometido con él o no lo quiero aquí. No quiero que crezca en la sombra, inseguro, sin saber cuál es su sitio.

Había sufrido de niño, eso era evidente, pensó Tori.

–¿Qué quieres decir con «crecer en la sombra»?

Ashraf la miró con expresión sombría.

–Yo no debería haber sido el jeque de Za'daq.

–Sé que tu hermano mayor debería haber heredado el título. ¿Esto tiene algo que ver con él?

–¡No! –exclamó Ashraf enfáticamente–. Las razones de Karim para renunciar al título son estrictamente privadas.

Estaba claro que no quería hablar de su hermano y Tori lo entendió, pero eso no refrenó su curiosidad.

–De modo que tú no eras el heredero sino el hijo de reserva, ¿es eso?

Él negó con la cabeza.

–Yo nunca fui el hijo de reserva. Mi padre me odiaba porque no era hijo suyo.

–¿No eras hijo suyo?

–Mi madre lo dejó por otro hombre cuando yo era muy pequeño, aunque la historia oficial es que murió. Mi padre no podía soportar que el público supiese la verdad. En esos días, la prensa estaba controlada desde el palacio. No se atrevían a publicar nada que pudiese ofender al jeque.

Tori asintió con la cabeza.

–De modo que dejó a tu padre por otro hombre. ¿Por qué no te llevó con ella?

–Sabía que el jeque no me denunciaría como hijo ilegítimo porque su orgullo no se lo permitiría y estaba en lo cierto. Públicamente, no lo hizo.

La expresión de Ashraf dejaba claro que en privado había sido muy diferente.

–¿Nunca le preguntaste por qué no te llevó con ella?

–No tuve oportunidad. Murió de neumonía cuando yo era niño. Descubrí todo eso más tarde, cuando intenté localizarla.

Tori se incorporó, atónita. Ashraf había sido un hijo no querido, abandonado por su madre, que lo dejó a merced de un hombre soberbio y arrogante como recordatorio de la traición de su esposa. Era terrible.

–No sé lo que es una vida familiar –dijo él entonces, sin inflexión, como si estuviese hablando del tiempo–. Salvo a mi hermano, Karim, no le importaba a nadie. Mi padre dejaba clara su desaprobación a todas horas. No me animó a nada, encontraba fallos en todo lo que hacía y los cortesanos empezaron a tratarme del mismo modo. Todos me veían como un inútil, un frívolo, sin las virtudes que poseía mi hermano. Por mucho que me esforzase, siempre había críticas, chismes e insinuaciones.

–¿Así que te rebelaste?

Tori pensó en las noticias que había leído sobre el príncipe playboy, que se pasaba la vida de fiesta o practicando deportes de riesgo. ¿Porque no tenía nada mejor que hacer con su tiempo o porque también él creía que no tenía nada que ofrecer?

–De niño siempre intentaba complacer a mi padre, pero nada era suficiente y más tarde… me vengué portándome como el frívolo que él siempre había dicho que era.

Tori asintió con la cabeza.

–¿Conociste a tu verdadero padre?

Ashraf esbozó una amarga sonrisa.

—Esa es la gran ironía. Cuando mi padre necesitó un donante de médula ósea me hicieron una prueba de compatibilidad. Fue entonces cuando descubrimos que, en realidad, era su hijo. Me había despreciado durante años por una sospecha infundada. Solo porque había encontrado una antigua carta que mi madre le había escrito a su amante. Pensó que se había acostado con él y que yo era el resultado, pero no era verdad.

—Dios mío…

Tori se irguió para tomar su mano. Todo ese odio, esa distancia entre padre e hijo solo por orgullo herido.

Ashraf cubrió su mano con la suya, mirándola con los ojos brillantes.

—Quiero que Oliver tenga lo que yo no tuve, una familia, unos padres que vivan en la misma casa, que lo quieran y cuiden de él…

No terminó la frase y Tori se preguntó si la emoción le impedía hablar.

—Ashraf… —empezó a decir, conmovida.

—Me da igual lo que la gente piense de mí, pero no quiero que mi hijo sufra por los prejuicios de los demás.

—Es nuestro hijo, Ashraf.

Pero mientras lo decía se le encogió el corazón. Porque tenía razón, para algunos, el nacimiento de Oliver fuera del matrimonio sería para siempre un escándalo.

—Esté en Australia o en Za'daq, la existencia de Oliver atraerá el interés de la prensa. Es inevitable, pero quiero hacer todo lo posible para protegerlo. Quiero que se sienta seguro y querido, orgulloso de quién es.

Tori entendía sus razones y se le encogía el corazón por el niño que había sido, una víctima de las circunstancias, abandonado por su padre y su madre.

Casi quería decir que sí, que se casaría con él por Oliver, pero algo en ella se rebelaba al pensar en casarse para guardar las apariencias.

No había habido amor en el matrimonio de sus padres. Solo era un fraude, una mentira, la imagen de una familia unida para salvar la cara y conseguir votos.

Desde niña, Tori se había prometido a sí misma que nunca aceptaría nada menos que el amor verdadero.

—Yo…. —empezó a decir, debatiéndose entre la determinación de hacer lo que era mejor para Oliver y el miedo de convertirse en su madre, soportando un matrimonio infeliz—. Necesito más tiempo, Ashraf.

—Por supuesto, lo entiendo —dijo él.

Pero no era eso lo que decían sus ojos. Era un hombre decidido, un rey. ¿Hasta cuándo podría contener su impaciencia?

Capítulo 8

CUATRO días después, Tori supo que Ashraf era mucho más paciente que ella.

A pesar de sus reservas sobre el matrimonio, anhelaba la intimidad con aquel hombre de magnética personalidad. Recordaba estar entre sus brazos, perdida en un sensual abandono tan profundo que nada más importaba.

Los recuerdos eran más frescos que nunca, y más tentadores. Por las noches, Ashraf iba a su habitación para cenar y pasar un rato con Olivier y esa intimidad era a la vez un desafío y algo precioso.

Ashraf no había vuelto a mencionar el matrimonio. Era un compañero agradable y divertido, compartiendo anécdotas y preguntándole qué tal el día, siempre fascinado por todo lo que hacía Oliver.

Respondía a todas sus preguntas y su franqueza la intrigaba, especialmente cuando descubría las cosas que tenían en común o cuando, al contrario, no estaban de acuerdo en algo. En cualquier caso, sus diferentes puntos de vista siempre llevaban a un estimulante debate.

Debate, que no discusión. Al contrario que su padre, Ashraf nunca intentaba intimidarla para que aceptase su opinión.

Era su momento favorito del día, un momento que

recordaba cuando se quedaba sola en la habitación, en su solitaria cama.

Tori suspiró mientras miraba con expresión ausente la tienda de fabulosas telas en el bazar

Lo que recordaba a menudo, con todo detalle, era que cada noche, cuando se despedía, después de besar a Oliver en la frente siempre tomaba su mano para besarla, mirándola con esos ojos que eran como ónice pulido.

Cada noche se preguntaba si rompería su autoimpuesta disciplina y la tomaría entre sus brazos, dejándose llevar por el deseo que había entre ellos.

Pero cada noche él se despedía y la dejaba sola en su suntuosa suite.

—Salgo enseguida, te lo prometo.

La voz de Azia, la mujer de Bram, interrumpió sus pensamientos. Tori miró hacia la cortina que escondía el vestidor de la tienda y sonrió.

—No te preocupes. Me encantan estas fabulosas sedas. Es como estar en la cueva de Aladino.

La propietaria de la tienda sonrió mientras sacaba un rollo de seda de color verde mar bordada en plata.

Era divertido ir de compras con la mujer de Bram mientras una niñera cuidaba de la hija de Azia y de Oliver. Dos días antes, cuando Bram le presentó a su esposa, Tori no sabía si aceptar la invitación para tomar café en la ciudad. Lo sabía todo sobre las visitas de cortesía porque lo había hecho con su padre, pero Azia era encantadora y le gustaría salir del palacio un rato. Le encantaba su apartamento, con el precioso jardín y la piscina, pero esa era la única parte del palacio que conocía y no se atrevía a investigar.

Para su sorpresa, la cita había sido estupenda y Tori se había reído más que nunca porque Azia tenía un irreverente sentido del humor y un corazón generoso. Al día siguiente fueron a almorzar y a visitar la exposición de exquisitos bordados de un nuevo diseñador y aquel día estaban en un bazar, buscando tela para un vestido especial.

—¿Qué tal esta? —le preguntó Azia, abriendo la cortina del probador.

Su nueva amiga estaba envuelta en una tela de color verde con bordados de plata.

—Es preciosa.

—Pero no te gusta del todo. Dime por qué.

—Es un color bonito, pero el verde lima me gusta más.

—A mí también me gusta más el verde lima, pero es demasiado llamativo, ¿no?

—¿Y qué más da? Los colores fuertes te sientan de maravilla.

Su amiga se encogió de hombros.

—Es un evento oficial y… —Azia miró a la propietaria de la tienda, que se alejó discretamente—. Yo no he nacido en una familia aristócrata y tampoco Bram. La última vez que fui a uno de esos eventos escuché comentarios… en fin, da igual, pero no quiero sentirme fuera de lugar.

Sus palabras eran un eco de las de Ashraf. ¿Quién era esa gente que hacía que otros se sintiesen fuera de lugar? ¿Por qué se creían con derecho a juzgar a nadie? ¿Porque eran ricos o habían nacido en familias poderosas?

Tori conocía los defectos escondidos en muchas familias poderosas y «perfectas».

—¿Qué color te hace feliz?

—El verde lima —respondió Azia.

—Entonces, compra la tela de ese color. Te queda precioso.

–Tienes razón –asintió su nueva amiga–. Gracias.

Ashraf tampoco había sido aceptado. ¿Habría influido eso en el hombre que era? No era inseguro. De hecho, era uno de los hombres más decididos que había conocido nunca. ¿Pero y si Oliver no era lo bastante fuerte como para soportar la censura de los demás? Se le encogió el corazón al pensar eso.

¿Estaba siendo egoísta al no casarse con Ashraf para darle una familia convencional a su hijo? No todas las familias convencionales eran como la suya, con un solo progenitor que la apoyase. Su padre estaba tan centrado en su carrera que no le importaba nada más. Se había casado con su madre porque provenía de una familia rica y políticamente influyente y Tori siempre había pensado que si se casaba sería con alguien que la quisiera a ella, no lo que representaba.

Suspirando, dejó la taza de té sobre la mesa. Al menos su madre y ella habían tenido una buena relación. Cuánto le gustaría que estuviese allí para pedirle consejo.

Por primera vez, entendió por qué no había abandonado a su padre: por la seguridad que le ofrecía. Una mujer soportaría muchas cosas por un hijo.

Aunque Ashraf no sería un padre desinteresado como el suyo. Al contrario, estaría involucrado en todo...

–¿Ya tienes vestido para la recepción?

La pregunta de Azia interrumpió tan inapropiados pensamientos.

–Yo no voy a ir –respondió Tori.

–¿Por qué no? Es un evento muy especial, organizado por el propio jeque. Habrá música, bailes tradicionales y una cena espectacular.

Tori se encogió de hombros.

–No me han invitado.

Azia frunció el ceño.

—Eso es imposible. Bram no olvidaría enviarte una invitación.

Horas más tarde, mientras el sol empezaba a esconderse tras el horizonte, Tori se dejó caer sobre una hamaca en su jardín privado.

Ashraf aún no había llegado, de modo que tenía tiempo para nadar un rato. Se sentía tan agradecida por esos días de descanso. Allí podía dormir, hacer ejercicio… y, además, no tenía que ver al insufrible Steve Bates.

Unos minutos después se lanzaba a la piscina y nadaba rítmicamente mientras pensaba en la recepción real.

Era curioso que Ashraf no la hubiese mencionado cuando, según Azia, habría cientos de invitados. Era una tontería sentirse excluida. Había acudido a muchos eventos con su padre y siempre eran aburridísimos.

Pero aquel no sonaba aburrido. Según Azia, habría acróbatas, espadachines, jinetes y arqueros.

¿No lo veía Ashraf como una oportunidad para mostrarle la cultura de su país y presentarle a sus amigos? No, la tenía apartada como si fuese una concubina en un antiguo harem.

«O un bochorno que no quiere que nadie descubra».

¿Un bochorno? ¿Era así como la veía? Tori se apartó el pelo de la cara y tomó aire. No, qué tontería, si lo fuese no le habría pedido matrimonio.

Claro que el día que llegaron a Za'daq le había hablado como un simple conocido, no como un amante. La había enviado al palacio inmediatamente, sin presentarle a nadie. Y no la había acompañado.

Habían entrado al palacio por una puerta lateral y Bram la había llevado a la suite a toda prisa… ¿para evitar miradas curiosas? Había pensado que Ashraf estaba siendo considerado, pero tal vez se avergonzaba de Oliver y de ella.

«A pesar de haber rechazado su proposición, sigues queriendo su atención. Quieres estar con él, quieres que te desee».

Esa verdad parecía mofarse de ella.

¿Ashraf estaba escondiéndola?

Tori salió del agua, temblando. Iba a tomar una toalla... cuando alguien se la ofreció.

—¡Ashraf!

No parecía sorprendida sino más bien... enfadada. Como si no quisiera verlo, pensó él, impaciente. Había soportado reuniones interminables para poder disfrutar unas horas con ella. ¿No merecía un recibimiento más agradable?

Normalmente, sonreía al verlo aparecer, aunque tardaba un rato en relajarse. Ashraf se decía a sí mismo que necesitaba tiempo para acostumbrarse, pero en el fondo, y acostumbrado a atraer a las mujeres sin hacer ningún esfuerzo, se sentía insultado.

Había sido más que paciente, pensó. Había puesto sus deseos y los de Oliver por delante de los suyos, como había puesto las necesidades de su país y su gente por delante de las suyas, porque era su obligación. Y no lo lamentaba, pero su altruismo flaqueaba cuando miraba esos ojos azules y sentía la pujanza del deseo en sus entrañas.

Frente a él, con ese biquini rojo, Ashraf tenía que fingir que no sentía nada... pero lo sentía.

—Oliver está dormido.

Tori se envolvió en la toalla a toda prisa y Ashraf frunció el ceño. ¿Qué le pasaba? La trataba como a una invitada de honor. No la había presionado en absoluto, había sido escrupulosamente caballeroso. Su contención era admirable, pero ella no parecía apreciarlo.

–¿Ocurre algo? Pareces disgustada.

–No, nada.

–¿Cenamos? Han puesto la mesa en la habitación.

–No, aún no.

Tori hablaba a toda prisa, como cuando discutían o cuando enmascaraba su miedo durante el secuestro…

La frustración de Ashraf se disipó. ¿Cómo podía juzgarla por ser juiciosa? Estaba enfrentándose a un cambio muy importante en su vida.

–Quiero hacerte una pregunta –dijo ella entonces, cruzándose de brazos.

–Muy bien.

–¿Te avergüenzas de mí y de Oliver?

–¿Qué? ¿De dónde has sacado esa idea?

–No has respondido a mi pregunta.

–Eso es ridículo. ¿Quién ha sugerido tal cosa?

–Nadie. Soy capaz de pensar por mí misma.

Ashraf torció el gesto.

–Pero no puedes pensar eso, no te he dado razones para hacerlo.

–Sigues sin responder a la pregunta.

Tori se había puesto en jarras y, cuando lo miró levantando la barbilla, Ashraf sintió el deseo de apoderarse de su boca. Atajaría sus insultos mientras devoraba sus labios y después la haría suya…

–No me avergüenzo ni de ti ni de Oliver –respondió por fin–. ¿Por qué se te ha ocurrido algo así?

Tori torció el gesto. Estaba claro que no lo creía, pero nadie, ni siquiera los buitres que esperaban que fracasase como jeque, lo había acusado nunca de mentir.

–Oliver y yo vivimos solos en el palacio, sin mezclarnos con nadie.

–Tengo entendido que has salido con Azia estos últimos días.

Ella hizo una mueca. No esperaba que lo supiera y Ashraf no le dijo que él mismo lo había sugerido para que no se sintiera sola.

–Sí, es verdad, pero si no fuera por Oliver estaría completamente aislada.

–Yo vengo a visitaros todas las noches.

–Sí, claro.

En otras palabras, su presencia no contaba. Las horas que robaba a su apretada agenda para estar con ella no eran apreciadas. Él no era apreciado.

Ashraf tragó saliva, recordando esos años en los que intentaba complacer a su padre sin conseguirlo nunca. Pero ese chico había desaparecido años atrás y se había convertido en un hombre que nunca, jamás, necesitaría a nadie.

–¿Eso es todo?

Tori debía haber notado su disgusto porque se abrazó a sí misma, sin dejar de mirarlo a los ojos.

–Pero hay otras cosas. No me presentaste a nadie en el aeropuerto, por ejemplo –empezó a decir–. Bram nos trajo aquí a toda prisa y nos hizo entrar por una puerta lateral, como si temiera que nos viese alguien. Este apartamento está en la parte trasera del palacio… ¿No quieres que nadie me vea? ¿No quieres que nadie sepa de nosotros?

–Tori…

–Hablas de matrimonio por los prejuicios de tu gente, porque tu padre te creía hijo ilegítimo. Te preocupa mucho lo que piensen los demás y, al parecer, yo no valgo lo suficiente como para acudir a ese gran evento que tendrá lugar la semana que viene.

Ashraf la miró, abatido. ¿Cómo podía pensar eso?

–Primero, Bram seguramente te trajo a toda prisa porque había sido un largo viaje y quería que te pusieras cómoda –respondió, metiendo las manos en los bolsillos del pantalón–. Segundo, no te presenté a nadie en el aeropuerto porque solo estaban allí para causar problemas. Los amigos de mi padre están decididos a sacarme del trono como sea y no quería presentarte a esos traidores. En cuanto a estar alojada en la parte trasera del palacio, eso ha sido intencionado porque pensé que te gustaría estar tranquila mientras te acostumbrabas a mi país y pensabas en mi proposición.

–Ya, bueno…

De modo que no apreciaba sus esfuerzos por hacerla sentir cómoda en Za'daq.

–Y no estás aislada. Yo me he mudado de habitación para estar cerca de ti y de Oliver –Ashraf señaló unas ventanas al otro lado del patio–. Duermo allí desde que llegaste, por si Oliver llorase por la noche.

–Yo… no tenía ni idea –dijo Tori por fin–. ¿Por qué no me lo habías contado?

–Tontamente, pensé que podrías sentirte presionada. No quería invadir tu espacio, solo ayudar si Oliver se ponía enfermo.

Tener a su hijo en brazos en Perth, sabiendo que estaban creando un lazo que duraría toda la vida, había despertado en él emociones poderosas y ni siquiera sus responsabilidades como gobernante podían eclipsarlas.

Tori lo miraba como si lo viese por primera vez.

–Ashraf…

–Y no te he presentado a nadie por respeto a tu

intimidad. Tú querías que esta fuese una visita privada, ¿no?

–Sí, claro…

–Tú sabes que yo quería presentarte como mi futura esposa, Tori. No me avergüenzo de ti ni de nuestro hijo, al contrario –siguió Ashraf–. Yo he tenido que enfrentarme a muchos prejuicios por la actitud de mi padre y no quiero que Oliver tenga que pasar por eso, pero no temo a la opinión pública. Estoy acostumbrado a que piensen lo peor de mí –agregó, dando un paso adelante–. Quiero casarme contigo para darle a Oliver la mejor vida posible, no porque tema los cotilleos.

–Ashraf, yo…

–Y no has recibido una invitación para la recepción porque quería invitarte personalmente. Es una oportunidad perfecta para que observes algo de mi cultura, conozcas gente y lo pases bien. Por supuesto que iba a invitarte.

Estaba seguro de que ser paciente daría frutos, que Tori entendería la sensatez de su proposición y acabaría aceptando. Pero, al parecer, la paciencia no servía de nada.

Ella se aclaró la garganta, pasándose la lengua por los labios en un gesto inconscientemente provocativo que, para irritación de Ashraf, despertó una punzada de deseo.

Incluso enfadado deseaba a aquella mujer. Incluso después de que cuestionase su honorabilidad y pusiera a prueba su paciencia.

Unos ojos del color de un cielo primaveral se encontraron con los suyos.

–Lo siento, Ashraf. Estaba completamente equivocada.

–Desde luego.

Aquella mujer lo volvía loco. A veces discutía por cosas que eran, en su opinión, evidentes y otras era tan razonable que lo sorprendía. Por ejemplo, cuando aceptó inmediatamente su necesidad de ver a Oliver y estar involucrado en su vida.

Y no era solo su obstinación lo que lo exasperaba. Que fuese capaz de ignorar la atracción que había entre ellos mientras él, maldita fuera, tenía que hacer un esfuerzo sobrehumano para no mirar los generosos pechos bajo los triángulos de tela del biquini.

–Aunque relajarse aquí es muy agradable, me siento rara lejos del trabajo y de mi casa –dijo Tori entonces–. He exagerado y te pido disculpas. ¿Me perdonas?

Ashraf soltó una carcajada.

–Supongo que no te sientes lo bastante escarmentada como para casarte conmigo.

Ella abrió mucho los ojos, como si hubiera sugerido algo escandalosamente libertino en lugar de una honrosa proposición que la convertiría en reina y en la envidia de todas las mujeres de Za'daq.

La ira que su disculpa había sofocado se convirtió en impaciencia.

–¿Eso es un no?

–Ashraf…

Él tomó su mano. Estaba cansado de ir de puntillas, cansado de esperar, de contenerse.

–En ese caso, esto tendrá que valer.

Tiró de ella y Tori puso la otra mano sobre su torso. ¿Para sujetarse o para apartarlo?

Ashraf no esperó para averiguarlo. Pasándole un brazo por la cintura, inclinó la cabeza y se apoderó de sus labios.

Capítulo 9

TORI vio el brillo de esos ojos hipnotizadores y no sintió consternación o desaliento, ni siquiera un segundo de duda, solo anticipación. Era como una descarga eléctrica, haciendo que el vello de su nuca se erizase. Con la boca de Ashraf sobre la suya, dura y exigente, estaba más que dispuesta. Lo había estado desde el momento que Ashraf volvió a su vida.

Lo deseaba tanto.

El alivio era tan profundo que se dejó llevar por el secreto anhelo de estar con él. En ese momento no necesitaba razones, lo único que necesitaba era sentir.

Le encantaba su sabor, su calor, su virilidad. No había coerción, solo una demanda que ella estaba dispuesta a aceptar. Siempre había sido así con él.

Sus labios lo invitaban a seguir, casi suplicándole, y un escalofrío la recorrió cuando empezó a jugar con su lengua, explorando su boca con una mezcla de determinación y experiencia.

Era como un viaje a través de estrellas. Tori sabía que estaba cediendo el control, pero él nunca la dejaría caer.

Ashraf la apretó contra su torso y Tori puso una mano en su túnica, la otra alrededor de su cuello, enterrando los dedos en su espeso pelo negro y poniéndose de puntillas para besarlo. Su sabor, su aroma, su boca, todo era tan familiar como si apenas hubieran pasado un par de días desde que hicieron el amor.

¿Se habían besado así en el desierto? No, seguro que no. Entonces era un extraño. Pero Ashraf no le parecía un extraño en ese momento. Llevaban muy poco tiempo juntos, pero parecían conocerse de forma íntima sin necesidad de palabras. Él era el hombre que llenaba sus sueños y sus pensamientos desde esa noche en el desierto, el único hombre capaz de despertar su libido después de los rigores y el cansancio del embarazo y la maternidad.

El hombre al que necesitaba como nunca había necesitado a nadie.

Pensar eso la dejó inmóvil.

Él levantó la cabeza, mirándola con los ojos brillantes como gemas y tomando aire como si le costase respirar.

La toalla había caído al suelo, pero ninguno de los dos se había dado cuenta. El aire estaba cargado de deseo y, sin embargo, había una pregunta en la expresión de Ashraf: ¿quería que parase?

Estaban al borde de algo más que un beso. Lo veía en su tensa expresión, pero la soltaría si ella se lo pidiese.

Sentía ternura por aquel hombre que ponía sus deseos por delante de los suyos y las dudas le parecían absurdas en ese momento. Nunca había conocido a nadie más íntegro.

La enormidad de esos sentimientos la hacía temblar y Ashraf se apartó, tal vez malinterpretando su actitud.

–¡No! –exclamó ella, apretando sus hombros–. No, Ashraf.

–¿No quieres que siga besándote?

–No te apartes.

Ashraf tragó saliva y el convulso movimiento de su nuez dejaba claro que también él estaba afectado.

–De modo que al menos hay algo que apruebas de mí.

¿Quería hablar en ese momento?, se preguntó ella, frustrada.

–¿Estás buscando un cumplido?

Él esbozó una sonrisa.

–No, pero si me dices algún cumplido lo aceptaré encantado. No es fácil conquistarte, Victoria Miranda Nilsson.

Ella sacudió la cabeza.

–¿En serio? No olvides que me acosté con un extraño en una celda, unas horas después de conocerlo.

Tembló al recordar el disgusto de su padre cuando le contó la versión retocada del encuentro. Lo que Ashraf y ella habían hecho en el desierto le había parecido una bendición más que otra cosa, pero después de las palabras de su padre y de la obsesión de Ashraf por la legitimidad de Oliver...

–Y yo encontré consuelo en compartir mi cuerpo con una extraña en la misma celda –dijo él, levantando su barbilla con un dedo–. No te avergüenzas de nosotros, ¿verdad? Yo no me avergüenzo. Me hiciste un precioso regalo esa noche. No solo tu cuerpo sino tu bondad, tu pasión y tu coraje. Créeme, para un hombre condenado a muerte fuiste un regalo del cielo.

Sus palabras la calentaron por dentro. A veces no podía creer que se hubiera acostado con un hombre al que no conocía, un extraño herido al que debería haber curado en lugar de seducirlo, pero los recuerdos de esa noche eran mágicos.

–Ahora no estás condenado a muerte.

El instinto le decía que él compartía su pasión, ¿pero podía confiar en su instinto? ¿Sería posible que Ashraf actuase motivado por su rechazo al matrimonio?

La atracción entre ellos era evidente. Sin embargo, lejos del mundo que conocía, instalada en un palacio de cuento de hadas con un apuesto príncipe que la excitaba como nadie, era fácil pensar que aquello no era real.

Su experiencia con el sexo era limitada. Trabajaba en una industria dominada por hombres, pero tenía por costumbre cortar cualquier intento de flirteo. Tener una relación con un compañero de trabajo era una complicación innecesaria.

Ashraf la atrajo hacia él hasta hacerle notar su erección.

—Ya no estás en una prisión. Eres libre para tomar tus propias decisiones.

Tori asintió con la cabeza, temblando. La claustrofobia que había sentido en aquel hermoso edificio era cosa de su imaginación. Todo el mundo se mostraba amable y servicial, pero ella había imaginado estar confinada en una ciudadela.

¿Se sentía intimidada por su título o porque se veía obligada a compartir a Oliver?

Si Bram no le hubiese presentado a Azia, seguramente no habría salido del palacio. ¿Cuándo se había vuelto tan tímida?

—¿Y bien?

Ashraf puso las manos sobre sus caderas.

—¿Y bien? —repitió ella.

Se negaba a admitir que había perdido el hilo de la conversación y el brillo en los ojos de Ashraf le decía que lo había adivinado, pero por una vez no le molestó ser tan transparente.

–¿Qué quieres hacer ahora? Eres mi invitada de honor y es mi obligación cumplir todos tus deseos.

–¿Mis deseos son órdenes para ti? –bromeó Tori.

Sonaba como una fantasía de *Las mil y una noches* y las manos de Ashraf sobre su piel estaban dándole mil ideas.

–Algo así –respondió él con voz grave.

Tori sintió un escalofrío. Era la voz de un hombre con la experiencia sexual de un playboy y la determinación de un guerrero. Era lógico que sus defensas estuvieran desmoronándose.

¿Contra qué estaba defendiéndose?

Ash… Ashraf solo quería lo que ella quisiera darle.

Tori deslizó las manos por los definidos pectorales y se le encogió el estómago. Había deseado hacer eso desde la noche que lo encontró medio desnudo en la habitación, con Oliver en brazos.

–Tienes que pedirme algo –murmuró él, apretando sus caderas.

Tori se pasó la lengua por los labios. Llevaba un año y medio llorando la muerte de aquel hombre y ahora estaba allí, vivo, en carne y hueso. A pesar de lo que se había dicho a sí misma, la ausencia no había exagerado la increíble atracción que sentía por él.

–Te deseo a ti, Ash.

En realidad, era tan sencillo. Su sonrisa hizo que le temblasen las piernas y su pulso se aceleró al verlo sonreír.

Cuando se inclinó, pensó que iba a besarla, pero se detuvo a un centímetro de su boca.

–Tus deseos… –murmuró Ashraf, acariciándola con su aliento– son órdenes para mí.

Luego la tomó en brazos como si no pesase más que Oliver. La hacía sentir pequeña y, siendo más alta de lo normal, eso era algo que no había experimentado antes. Pero también la hacía sentir querida y eso era una revelación. Ningún otro hombre más que Ash, su amante del desierto, la había hecho sentir así.

Tori le echó los brazos al cuello.

—Lo haces muy bien. Creo que has tenido práctica.

Aunque no le importaba. Podía haber sido un playboy años atrás, pero en aquel momento era suyo y ella había dejado de luchar contra lo inevitable.

Ashraf miraba unos ojos del color del cielo, dándole las gracias a las estrellas por no haber muerto aquel día, quince meses antes.

¿Se daba cuenta de que lo había llamado Ash? Como si el tiempo no hubiera pasado, como si acabaran de conocerse.

Durante sus años de desenfreno se hacía llamar por ese diminutivo porque era más fácil para los occidentales con los que salía de fiesta. Había vuelto a usarlo cuando conoció a Tori, pero su forma de pronunciarlo, con ese tono suave y cargado de anhelo, era único.

Ninguna otra mujer era capaz de hacer que sonase de ese modo.

Ninguna otra mujer lo hacía sentir de ese modo.

La apretó contra su pecho, perdiéndose en su brillante sonrisa, en sus ojos invitadores, en su aroma, tan fresco como la primavera, en la sensación de libertad, de triunfo, ante esa invitación.

Sentía como si hubiera esperado ese momento durante toda su vida.

Cuando entró en el salón vio las velas sobre la mesa. ¿Lo habría hecho Tori o Bram habría decidido hacer de Cupido al percatarse de su frustración?

Estaba a punto de cerrar la puerta del dormitorio con el pie cuando recordó a Oliver. No, no podía cerrarla porque aún le estaban saliendo los dientes y podría llorar por la noche.

La luz dorada de una lamparita parecía querer competir con el lustre de Tori, pero ella era más brillante, más vibrante y deliciosa.

Ashraf la sujetó por la cintura con una mano mientras tiraba de la cinta del biquini con la otra. Ella contuvo el aliento mientras lo miraba a los ojos, su ardiente expresión aumentando su ardor.

Tardó un momento en quitarle el sujetador del biquini y el temblor de sus pechos lo dejó sin respiración. Él, denostado por su padre como incorregible mujeriego, se emocionaba al ver los pechos de una mujer.

Los acarició con reverencia, con avaricia. Eran perfectos, los pezones rosados levantándose con el roce de sus pulgares. Tori se mordió los labios mientras él se debatía entre el deseo de capturar su boca de nuevo o quitarle la braga del biquini y enterrarse en ella.

Su respiración se volvió agitada cuando envolvió un pezón con los labios.

—¡Ash!

Era una protesta y un ruego a la vez que envió toda la sangre de su cuerpo a su entrepierna. Estaba perdido en su aroma, en su carne, en su anhelo. Tori empujaba su cabeza con dedos urgentes, como si temiera que parase.

Y Ashraf paró un momento, pero solo para prestar atención al otro pecho, provocando un gemido gutural que aceleró su corazón. El deseo crecía de forma urgente, especialmente cuando ella envolvió las piernas en su cintura.

Era una invitación irresistible.

Ashraf la dejó sobre la cama, mirando el vientre donde una vez había llevado a su hijo. Un deseo posesivo añadía profundidad al apetito carnal mientras acariciaba las diminutas marcas en su piel.

—Estrías… —dijo ella casi sin voz—. Por el embarazo.

—Eres asombrosa —musitó Ashraf.

Tori rio, insegura, como si no lo creyese. Pero él estaba perdido en el milagro de su cuerpo, en el deseo que lo tenía atrapado entre sus garras. Si no tenía cuidado, la tomaría con la fineza de un semental en celo.

Se obligó a ir despacio, admirando el contraste de su piel morena y la pálida piel de Tori, pero a pesar de sus buenas intenciones, un segundo más tarde sus dedos se habían insinuado bajo la cinturilla del biquini y estaba tirando hacia abajo.

También allí abajo era rubia, la húmeda V entre sus piernas como pálido oro.

—He encontrado un tesoro —murmuró, inclinando la cabeza para rozar con los labios el pálido vello rubio que señalaba el camino al paraíso.

—Ash… —musitó ella, agarrando su pelo con femenino deseo mientras levantaba la pelvis.

Ashraf la exploró con la lengua y sus gemidos eran la música más placentera, el perfume de su excitación embriagador.

Había pensado tomarse su tiempo, seducirla despacio para que superase sus escrúpulos sobre el matrimonio, pero había descubierto un fallo en sus planes. La deseaba demasiado como para esperar. Al menos, en aquella ocasión. Nunca había estado tan excitado. No debería ser posible, pero sentía como si estuviera a punto de derramarse en ella.

Después de un largo beso, se echó hacia atrás y la miró. Tori le devolvió la mirada con los ojos desenfocados. Le gustaba verla así, mareada de deseo.

—Desnúdame, Victoria —le ordenó, disfrutando del sonido de su nombre, una intimidad que solo compartían a solas.

Ella alargó una mano para tirar torpemente de la larga túnica, pero el roce de sus dedos ponía a prueba un autocontrol que estaba a punto de perder.

Había dejado los zapatos en la puerta, de modo que cuando por fin Tori levantó la túnica quedó solo con unos calzoncillos de seda. Ashraf sintió su ardiente mirada como si estuviese acariciándolo con los dedos y se irguió, orgullosamente excitado, más duro con cada segundo que pasaba.

—La cicatriz ha curado bien —murmuró ella, rozando la marca del cuchillo con un dedo.

—No has terminado —dijo Ashraf con voz ronca, poniendo sus manos en el elástico del calzoncillo.

Ella lo miró con un brillo de burla en los ojos.

—Un descuido imperdonable.

Pero en lugar de tirar de la prenda, se puso en cuclillas frente a él. Ashraf se quedó sin respiración al verla así, desnuda y excitante, una fantasía hecha realidad. Su cerebro y sus pulmones dejaron de funcionar cuando tiró del calzoncillo y se inclinó hacia delante para tomarlo en la boca.

Fue como si hubiera recibido una descarga de diez mil voltios. El roce de los húmedos labios y el sedoso pelo, el increíble gozo de estar en su boca…

Por un momento que pareció durar una vida entera Ashraf se entregó a la gratificación carnal, pero sentir lo que le hacía, verla de rodillas… era demasiado.

La empujó suavemente, pero estuvo a punto de

ceder cuando vio sus ojos entornados y sus labios húmedos.

—Más tarde —dijo con voz ronca.

—¿No te gusta…?

—Claro que me gusta —la interrumpió él—. Pero quiero estar dentro de ti… ahora.

Tori se ruborizó, algo asombroso dado lo que estaban haciendo. Y encantador, arrebatador.

Cada centímetro de su piel se había convertido en una zona erógena. Un roce más, una mirada más y podría enviarlo al precipicio. Y eso era asombroso para un hombre acostumbrado a llevar la iniciativa en los encuentros sexuales.

Pero no había tiempo para pensar en eso. Su deseo era demasiado poderoso y tardó un segundo en tumbarla de espaldas y colocarse entre sus piernas abiertas. Ashraf apreciaba su falta de timidez ahora que había decidido dejar de luchar.

Era él quien estaba luchando contra una sobrecarga sensorial: su sedosa piel, el vello dorado entre sus piernas, sus preciosos pechos agitándose con cada respiración.

Tori acarició sus hombros, con los ojos brillantes como aguamarinas. Ashraf sabía que debería tomarse su tiempo y saborear cada segundo, pero también conocía sus límites.

—La próxima vez, *habibti* —murmuró mientras capturaba sus manos.

—¿La próxima vez qué?

—La próxima vez iremos más despacio.

Levantó las dos manos sobre su cabeza, sujetándolas con dedos firmes. Vio que enarcaba las cejas, pero no la soltó.

—No quiero ir despacio —dijo ella.

Sus palabras atizaron el incendio que Ashraf había intentado contener. Apenas había terminado de pronunciar la frase cuando separó aún más sus piernas con la rodilla. Su mirada, el calor de su cuerpo, sus gemidos, todo eso era una delicia y una tortura al mismo tiempo. Más de lo que podía soportar.

—Yo tampoco.

Deslizó la mano libre entre los dos para sentir su humedad mientras entraba en ella, notando que contenía el aliento. Un segundo después, con la mano bajo su trasero, se clavó en ella con una profunda embestida.

Su frente se cubrió de sudor mientras la realidad de esa unión penetraba en su cerebro. Había esperado tanto tiempo. No había tenido otra amante desde esa noche en el desierto. Se decía a sí mismo que estaba demasiado ocupado, pero ahora entendía que no le hubiese interesado ninguna otra mujer.

Reconocer eso lo golpeó como un rayo, haciendo que se olvidase de todo lo demás.

Dejándose llevar por un primitivo instinto, Ashraf chupó sus pechos con fuerza, haciéndola gritar y enredar las piernas en su cintura. Tori se apretaba contra él con desesperación; una desesperación a juego con la suya.

Se apartó para empujar con más fuerza, más profundamente, marcando un ritmo endiablado. Apretando los dientes, intentó aguantar cuando ella llegó al orgasmo, pero el brillo de sus ojos, sus gemidos, incluso cómo lo agarraba, como si fuera un ancla en un universo que daba vueltas, acrecentó el éxtasis y las convulsiones del clímax.

—Ash, Ash, por favor...

Era demasiado tarde. Su placer se había convertido en el suyo y era tan profundo que estaba cegado, sordo.

Cuando se recuperó, temblaba de arriba abajo como un potrillo recién nacido.

–Victoria… –susurró contra la fragante piel de su garganta.

No había nada salvo aquella mujer y los temblores de la explosiva pasión que sacudían su cuerpo. Besó su cuello y notó que Tori se abrazaba a su cintura como si también ella necesitase estar lo más cerca posible.

–Gracias, Ash.

Haciendo un esfuerzo sobrehumano, él levantó la cabeza para mirar sus ojos entornados. Así era como la quería: sexy, cálida y cariñosa. Y que hubiera usado el nombre de Ash significaba que había caído otra barrera.

Ashraf esbozó una sonrisa mientras buscaba sus labios.

–Gracias a ti, *habibti*.

Podían estar juntos porque habían engendrado un hijo, pero él sabía en su corazón que aquello era perfecto.

Y Tori pronto sería su esposa.

Capítulo 10

TORI abrió los ojos y suspiró de placer. Había dormido mejor que nunca y, medio dormida, sentía que el mundo era maravilloso.

Tardó un momento en darse cuenta de que la deliciosa sensación que la había despertado era el roce de unos dedos sobre su piel desnuda.

Piel desnuda.

Ashraf, más potente y magnífico que en sus sueños, entrando en ella con una determinación excitante y enloquecedora. Había sido exigente, pero tierno, imperioso, pero considerado. Tembló al recordar cómo sus caricias habían tirado todas sus defensas, cómo el placer había sido interminable...

—¡Ash!

Abrió los ojos cuando empezó a hacer suaves círculos sobre su pecho, acercándose al sensible pezón.

Por la luz que entraba en la habitación debía ser muy temprano y se alegró de que Oliver hubiese dormido de un tirón, permitiéndoles hacer el amor sin interrupciones.

Aunque despertaría pronto.

Cuando Ashraf pellizcó el pezón, Tori intentó levantarse de la cama, pero él se lo impidió sujetando sus piernas. Y hasta eso la excitaba.

Se pasó la lengua por los labios y los ojos oscuros

siguieron el movimiento, los tendones de su cuello marcados mientras se inclinaba para besarla.

Tori tomó aire. Era emocionante descubrir que tenía tanto poder sobre un hombre que le parecía irresistible.

–Buenos días, Victoria.

Le gustaba que la llamase así. Usaba el diminutivo, Tori, en parte porque era menos femenino y mejor para su trabajo, pero sobre todo porque odiaba que su padre expresase su desaprobación llamándola de ese modo cuando estaba enfadado.

En boca de Ashraf, su nombre sonaba sensual e invitador.

–Buenos días, Ashraf.

Él deslizó una mano por su vientre, haciéndola temblar.

–Anoche era Ash.

–¿Ah, sí? No me acuerdo.

Tori lo recordaba, por supuesto, pero fingió no hacerlo porque esa noche Ashraf había destruido todas las barreras que había entre ellos. Cuando hicieron el amor era como si hubieran vuelto atrás en el tiempo y estuviese de nuevo con Ash, el hombre excitante al que había conocido en el desierto, el hombre que había intentado protegerla y la había apoyado cuando estaba aterrorizada. No Ashraf, un hombre cuyas intenciones le preocupaban a pesar de todo porque no podía olvidar que era el gobernante de un país extranjero y quería que renunciase a su libertad y a todo lo que ella conocía.

Si supiese el poder que tenía sobre ella...

Tori sintió un escalofrío cuando puso una mano entre sus piernas. Las preocupaciones sobre el futuro daban igual en ese momento. Necesitaba más, pero Ashraf se había detenido.

–¿Por qué has parado? ¿Quieres que te llame Ash?

–Puedes llamarme como quieras.

Pero seguía inmóvil y Tori frunció el ceño. No entendía la inmovilidad de su amante.

«Su amante». Lo viese como Ash, el honorable extraño, o Ashraf, el rey decidido, lo deseaba.

¿Qué más quería de ella? Ya había demostrado que era capaz de encenderla. Solo había pasado una semana desde que volvieron a encontrarse y le asombraba no haber cedido antes a esa irresistible atracción.

Tori apretó los labios. Si estaba esperando que dijese que había cambiado de opinión sobre el matrimonio tendría que esperar sentado. ¿O quería algo más?

Lo empujó suavemente y Ashraf cayó sobre la cama, grande y perezoso como un enorme felino tomando el sol. Pero no había nada perezoso en sus ojos ni en la invitación que veía en ellos.

Tori se colocó sobre sus poderosos muslos, pero él permaneció inmóvil… hasta que se inclinó hacia delante para lamer un oscuro pezón con la punta de la lengua. Entonces, sin poder evitarlo, Ashraf agarró sus caderas con fuerza. Riendo, ella mordió suavemente el pezón y notó que contenía el aliento.

Besó su torso, cubierto de suave vello oscuro, y cuando lamió el otro pezón oyó algo que sonaba como un gruñido. Se inclinó hacia delante, rozándolo con sus pechos y buscando sus labios en un beso apasionado.

Al ver que tragaba saliva, Tori supo que lo tenía a su merced. Era delicioso, aunque duró poco porque Ashraf levantó las caderas para hacerle notar la fuerza de su deseo.

–Móntame, *habibti*.

Y ella pensando que había tomado la iniciativa...
¿pero cómo podía objetar cuando también lo deseaba?

Además, su voz grave y el temblor de sus manos
traicionaban su desesperación.

Tori se puso de rodillas sobre él, con una mano
sobre su ancho torso. Bajo la mano notaba los latidos
de su corazón y eso la emocionó, sentir que Ashraf
estaba a merced de su mutuo deseo.

Fue inclinándose lentamente, tomándolo poco a
poco hasta que él, incapaz de esperar, levantó la pelvis y empujó sus caderas. Cuando por fin estuvieron
unidos, Tori experimentó de nuevo esa sensación de
magia. Como si el tiempo se hubiera detenido en presencia de algo extraordinario.

Pero no podía durar. Necesitaba moverse y la ex-
quisita fricción hacía que se derritiese. Ashraf la miraba a los ojos mientras se movía arriba y abajo, ar-
queándose en un instintivo baile. Ella marcaba el ritmo
y cada movimiento la llevaba más cerca del orgasmo
hasta que gritó el nombre de Ash, sintiendo el cata-
clismo de un éxtasis que le robaba la razón. La ola se
lo llevó a él también y, mientras respiraba el aroma a
canela de su piel, Tori supo que no quería estar en
ningún otro sitio.

Ashraf salió de la ducha con una sonrisa en los labios. La vida era estupenda después de una noche de
sexo espectacular, pero era más que eso. Todo estaba
cayendo en su sitio y anunciaría su próximo matrimonio en la recepción, decidió.

Ahora que había despejado los miedos de Tori y le
había dejado claro que era libre de tomar sus propias
decisiones, ella lo había elegido a él. Era bueno haber

tenido esa confrontación porque había aclarado la situación y disipado sus dudas. Y, además, le había hecho ver otras facetas de su futura esposa, una mujer
que no toleraría insultos contra su hijo, una mujer que
desafiaría a cualquiera, incluso a él, para proteger a
Oliver. Ese carácter y esa fuerte personalidad desper-
taban su admiración. Y su deseo.

Un deseo que no había sido sofocado por una noche de pasión y tampoco por una ducha fría, pensó
mientras se secaba el pelo con una toalla. A pesar de
su apretada agenda, habría pasado otra hora con Tori
en la cama, pero los gritos de Oliver pidiendo su de-
sayuno lo habían impedido.

Claro que la interrupción había tenido su lado positivo. Cuando entró en la habitación de Oliver y encontró a su hijo mirándolo con curiosidad, Ashraf no
había sentido impaciencia sino una oleada de ternura.
Conocer a su hijo, tenerlo en su vida lo significaba todo
para él.

Ashraf tiró la toalla y se vistió, sin dejar de pensar
en Tori.

Era una buena madre y, con el tiempo, sería una
reina fabulosa. Y tenían mucho tiempo, una vida entera.

Ashraf sintió el familiar pulso del deseo. Aún era
temprano. Tenía tiempo antes de la primera reunión
del día...

No, imposible. Tenía otras prioridades. Por ejemplo, oírla decir que había cambiado de opinión sobre
el futuro.

Ashraf volvió al dormitorio y se detuvo en la
puerta.

Tori estaba sentada en la cama, dándole el pecho a
Oliver, y se quedó mirándolos en silencio, intentando
grabar en su mente la enternecedora imagen.

La luz del sol convertía su pelo en el halo de un ángel. Recostada sobre suntuosas sedas y satenes, su pálida piel brillaba como un frágil tesoro, pero su traviesa sonrisa le decía que era una mujer de carne y hueso.

—¿Qué haces?

—Me gusta miraros.

Esa admisión lo sorprendió. No había querido decirlo en voz alta. Al escuchar su voz, Oliver giró la cabecita y Ashraf experimentó una curiosa mezcla de sensaciones. Satisfacción, emoción y algo agridulce.

Parecía que su hijo respondía ante él, que reconocía la voz de su padre. ¿Qué voz había escuchado él cuando era niño? Solo la de su madre y durante muy poco tiempo. Sí, los criados eran afectuosos con él, pero no había sido importante para nadie.

El único cariño que había conocido era el de su hermano, pero su padre lo mantenía siempre ocupado enseñándole todo lo que debería saber un futuro jeque. Karim tenía poco tiempo para jugar con su hermano pequeño y, además, tenía que esconderse para hacerlo.

Ashraf querría que Oliver tuviese un hermano. Varios si Tori estaba de acuerdo. Quería que tuviese todo lo que él nunca había tenido.

—¿Qué te parecen las familias numerosas?

Tori frunció el ceño.

—¿Por qué lo preguntas?

Ashraf se encogió de hombros mientras se acercaba a la cama.

—Anoche no usamos protección.

Se sentía demasiado exultante como para pararse a pensar en anticonceptivos. Después de todo, iban a casarse y él quería tener más hijos.

–¿Ah, no? –Tori se irguió de repente–. No usamos nada, es verdad.

Ashraf entendía que no quisiera quedar embarazada inmediatamente porque ser madre soltera no debía haber sido fácil para ella. Además, no había prisa, tenían mucho tiempo.

–Estábamos demasiado ocupados como para pensar en eso –bromeó.

–Pero dicen que las posibilidades de quedar embarazada son menores cuando estás dando el pecho –murmuró ella, como para sí misma.

–Sí, seguramente tienes razón –asintió Ashraf, aunque él no sabía nada sobre esas cosas–. Pero aunque hubiese otro hijo antes de lo que esperamos, nos las arreglaríamos.

–¿Perdona? –exclamó Tori.

–La próxima vez que quedes embarazada, cuando sea, no tendrás que estar sola. Yo estaré a tu lado para apoyarte en todo…

–No habrá una próxima vez –lo interrumpió ella, colocándose a Oliver sobre un hombro.

–¿Cómo?

–No habrá otro embarazo –Tori hizo una pausa–. Al menos de momento. Si ocurre otra vez será muy adelante… y solo si me caso.

–¿Si te casas?

–¿Quién sabe lo que me deparará el futuro? Si más adelante me enamoro, puede que tenga otro hijo. Estaría bien darle un hermanito a Oliver algún día.

Ashraf apretó los puños, indignado. Estaba rechazándolo después de haberlo aceptado en su cama. La idea de que Tori, su mujer, se enamorase de otro hombre hacía que lo viese todo rojo.

–Te has entregado a mí.

Su voz sonaba extraña a sus propios oídos, tal vez porque tenía un nudo en la garganta.

–Eso era sexo –dijo Tori.

Lo decía como si no fuese nada importante.

–Me deseabas, me aceptaste.

–Sí, te acepté –dijo ella, enunciando cada sílaba–. Y tú me deseabas a mí, pero era sexo, nada más. No tiene nada que ver con… –Tori hizo un gesto con la mano, como si no encontrase las palabras.

–¿Con mi proposición de matrimonio?

–No me has propuesto matrimonio, Ashraf. Dijiste que esa era la solución al problema, pero Oliver no es un problema.

Ashraf frunció el ceño. ¿Qué había sido de la apasionada mujer de la noche anterior? ¿La mujer que, había estado seguro, aceptaría ser su esposa por la mañana?

Aunque pareciese imposible, Tori estaba rechazándolo de nuevo. Ninguna mujer lo había rechazado, pero para aquella era como una costumbre.

–¿Quieres que clave una rodilla en el suelo y te lo pida? ¿O prefieres una cena a la luz de las velas, con música de violín y una lluvia de pétalos de rosa? ¿Eso te satisfaría?

La rabia y la decepción le quemaban en la garganta como el ácido, pero había algo más. Se decía a sí mismo que era su orgullo herido. Nunca le había propuesto matrimonio a otra mujer y…

–No hace falta que te pongas sarcástico. Pensé que los hombres sabían separar el sexo del amor y el matrimonio.

A pesar de la pulla, su tono era frágil, inseguro, y Ashraf se dio cuenta de que la rabia lo había cegado de nuevo.

Tenía miedo. Lo vio en su expresión, en esos ojos exageradamente abiertos, en el gesto protector con que sujetaba a Oliver.

¿Tenía miedo de comprometerse o miedo de que le quitase al niño? ¿Temía que, siendo el jeque de Za'daq, la forzase a una vida que la aterrorizaba?

Ashraf se recordó a sí mismo que Tori solo conocía su país como un lugar muy peligroso. Y él no la había ayudado a aclimatarse. La había dejado sola durante el día, pensando que necesitaba descansar.

Y el sexo no había resuelto nada.

Tori no había intentado engañarlo dándole una noche de pasión para luego apartase. Sencillamente, se había rendido al deseo como lo había hecho él.

—Di algo —murmuró ella—. ¿Qué piensas hacer?

Haría lo que fuese necesario para retenerla a su lado, a ella y a Oliver.

—Voy a pasar el día contigo —respondió Ashraf.

Y el siguiente, y el siguiente. Los días que hiciese falta para convencerla de que vivir en Za'daq, con él, era la elección más acertada. La cortejaría hasta que ella dejase de levantar barreras y se rindiese por fin.

Capítulo 11

TORI miraba el vasto paisaje desde el helicóptero sintiendo una mezcla de admiración, curiosidad y miedo. Era cerca de allí donde Ashraf y ella habían sido secuestrados.

Una mano cálida se cerró sobre la suya.

–¿Todo bien? –le preguntó Ashraf.

–Sí –respondió ella, negándose a sucumbir al pánico.

–Me gusta viajar en helicóptero –dijo él, como sospechando que necesitaba una distracción– pero sé que algunas personas se ponen nerviosas.

–No, a mí me gusta –le contó Tori. De hecho, solía ir en helicóptero a los yacimientos.

No sabía por qué se alejaban de la capital y tenía importantes decisiones que tomar sobre el futuro de Oliver, pero conocer mejor a Ashraf y su país era parte de eso.

Aunque, después de la noche anterior, le gustaría aceptar su proposición sin pensarlo más.

De haber sabido cuánto iba a afectarle hacer el amor con él, no lo habría hecho.

¿A quién quería engañar? Tendría que ser mucho más fuerte para decir que no porque desde el principio aquel hombre había sido irresistible.

–Ya hemos llegado –Ashraf señaló un valle entre

dos montañas y Tori vio la sinuosa curva de un río–. Ese es nuestro destino.

–Es un viaje muy largo para una simple merienda –comentó ella.

–Quería que vieras algo de Za'daq aparte de la capital.

–Y querías demostrarme lo segura que es esta zona del país ahora, ¿no?

Tenía que haber elegido aquel sitio deliberadamente. ¿Sabía que le daba miedo volver al desierto? ¿De verdad era tan transparente?

–Quería disipar tus miedos –respondió él–. Además, quiero que conozcas a mi gente. Durante mucho tiempo, esta región no ha recibido la misma atención que el resto del país, pero las cosas están cambiando desde que Qadri desapareció.

Enfrentarse a sus miedos la ayudaría a superarlos ¿no? Sería bueno remplazar esos terribles recuerdos con otros más agradables, pensó Tori.

–Me parece muy bien.

Ashraf sonrió mientras tomaba su mano. La lógica le decía que debía mantener las distancias. Él parecía creer que había cambiado de opinión sobre el matrimonio después de la última noche, pero Tori no tenía energía para mantenerse distante.

Esa misma mañana había disfrutado de su cuerpo y se había dejado llevar por una excitante sensación de poder mientras le hacía el amor. ¿Y cuándo fue la última vez que se sintió poderosa, dueña de su propio destino?

Desde el secuestro, se había sentido a merced de fuerzas que no podía controlar. Primero sus secuestradores, luego el inesperado embarazo y, más tarde, acomodarse a las necesidades de Oliver. Había acep-

tado el trabajo en Perth porque le ofrecía la oportunidad de tener horas libres para estar con su hijo…

–¿Te encuentras bien? –Ashraf apretó su mano y
Tori se dio cuenta de que habían aterrizado–. Si quieres que volvamos al palacio…

–No, no. Están esperándote –se apresuró a decir
ella al ver un grupo de gente frente a unas casitas de
barro. La visita del jeque sería una ocasión especial y
no podía decepcionarlos–. ¿Cómo vas a presentarme?
Imagino que se preguntarán quién soy.

Ashraf sonrió.

–No te preocupes por eso.

–Pero no voy vestida para la ocasión –insistió ella.
Llevaba un top de color rojo que le gustaba mucho,
pero tal vez debería haberse puesto un atuendo más
conservador.

–Estás perfecta. Venga, vamos.

El movimiento de las aspas la despeinó, pero Ashraf no parecía preocupado por su aspecto. Y seguramente daría igual, pero no pudo seguir pensando en
ello porque Ashraf empezó a presentarle a la gente del
pueblo. Los niños la miraban con los ojos muy abiertos, pero estaba acostumbrada a eso. Cuando trabajaba en la frontera de Assara, la gente parecía fasci-
nada por el color de su piel.

Una niña que estaba en brazos de su madre alargó
una mano para tocar su pelo y, en lugar de apartarse,
Tori dejó que lo tocase. La madre se disculpó, avergonzada, pero ella esbozó una sonrisa.

–Siente curiosidad. Eso es bueno.

El maestro del pueblo hacía de intérprete y las mujeres se acercaron, sonriendo y haciendo preguntas,
pero no sobre su relación con el jeque sino sobre su
país, tan lejano, y sobre lo que pensaba de Za'daq.

La llevaron a la sombra de un árbol y una mujer le ofreció una toallita y una jarra de agua para que se lavase las manos. Luego sacaron bandejas de frutos secos, pastelillos hechos con miel y café preparado con gran ceremonia, servido en tazas diminutas.

–Muchas gracias –decía Tori, en árabe–. Todo está riquísimo.

Por las sonrisas de las mujeres, supo que se había hecho entender.

Ashraf se acercó poco después, mirándola con una expresión más ardiente que el café.

–Voy a inspeccionar el sistema de irrigación, pero no tardaré mucho. Prometo volver enseguida para regresar al palacio.

Porque Oliver estaría listo para comer. Parecía increíble que un rey pudiese cambiar su agenda para eso. Tan increíble como que dejase sus obligaciones solo para enseñarle algo de su país.

–¿Quieres venir conmigo o prefieres quedarte aquí?

–Me quedo –respondió ella–. Me gustaría ver el pueblo.

Mientras la mayoría de los hombres fueron con Ashraf, las mujeres y los niños se quedaron con ella y le enseñaron los sitios de mayor interés: el pozo, generadores eléctricos que funcionaban gracias a paneles solares, la torre que había llevado modernas comunicaciones al valle por primera vez. También le enseñaron el interior de algunas casas y el colegio. Era una casita con una sola aula, pero no era un espacio vacío sino lleno de libros, utensilios escolares y hasta un par de ordenadores.

Al ver su gesto de sorpresa, el maestro le explicó que antiguamente, en zonas remotas como aquella, los niños no recibían ninguna educación.

–Los cambios en un par de años han sido asombrosos –dijo el hombre.

–¿Solo un par de años?

–Hasta que llegó el jeque Ashraf no había fondos para escuelas locales. Ahora incluso los niños de los poblados más pequeños tienen acceso a la educación y así tendrán más oportunidades de futuro.

Tori se sintió tan orgullosa como si tuviese algo que ver con los logros de Ashraf. Había hecho tantas cosas en tan poco tiempo.

–El jeque Ashraf me ha dicho que ha habido muchos cambios en la región.

–Muchos, desde luego –asintió el hombre–. Incluso tenemos servicios médicos. Y, sobre todo, tenemos paz. En el pasado, esta era una zona llena de criminales.

Tori sintió un escalofrío en la espina dorsal.

–Sí, he oído algo sobre eso.

–Pero han desaparecido y ahora se respetan las leyes –agregó el maestro–. La gente vive más segura.

Tori recordó sus palabras durante el resto de la visita, mientras veía a los niños y las mujeres sonriendo, felices y seguros. Ashraf también la hacía sentir segura a ella… aunque seguía teniendo dudas sobre aceptar un matrimonio de conveniencia y vivir en un país donde su palabra era la ley.

Cuando estaba con él se sentía diferente, mejor, más feliz. ¿Esos sentimientos podrían compensar un matrimonio sin amor?

–¿Todo bien? –le preguntó Ashraf cuando volvieron a subir al helicóptero–. Estás muy callada.

Estaba dándole vueltas a sus conflictivos sentimientos. Sabía que su proposición de matrimonio estaba cargada de buenas intenciones, ¿pero y si las buenas intenciones no eran suficiente?

Tori miró el pañuelo de seda en su regazo, un caleidoscopio de suntuosos colores.

–Es un regalo precioso, pero yo no tenía nada que darles –comentó.

–Tu interés por su vida es suficiente. Eso es algo que esta gente no ha tenido en mucho tiempo. Te han ofrecido lo mejor que tenían, pero no esperaban nada a cambio –dijo Ashraf–. Has hecho bien en aceptarlo. No te preocupes, nadie ha salido perdiendo por nuestra visita.

Tori se reclinó en el asiento, mirando las montañas sin el escalofrío de aprensión que había sentido antes.

–Parece que la situación de la zona ha mejorado gracias a ti.

–Hemos emprendido algunas iniciativas interesantes y están empezando a dar frutos.

–Servicios médicos, educación, electricidad, agua potable.

La mayoría de los hombres se jactarían sobre su papel personal en tales éxitos. Especialmente su padre.

Pero Ashraf no se parecía a ningún otro hombre.

–¿En qué piensas, *habibti*?

En su voz había tal nota de ternura que Tori estuvo a punto de hablarle de sus trémulas emociones, pero decidió ser cauta.

–Me preguntaba cómo estaría Oliver con la niñera.

¿Había un brillo de decepción en sus ojos? No lo sabía, pero no podía disipar la sensación de que estaba escondiéndose, que no estaba siendo justa con Ashraf.

Esa sospecha aumentó durante la segunda semana, cuando él insistió en que salieran juntos por la ciudad para visitar bazares o museos. A pesar de sus reservas,

Tori anhelaba su compañía, pero Ashraf no había vuelto a su cama y ella no quería tomar la iniciativa porque no confiaba en sí misma. Y eso era frustrante. Si no fuera por sus ardientes miradas y su palpable tensión cada vez que estaban cerca habría pensado que Ashraf era indiferente.

¿Estaba intentando demostrar que podían mantener una relación basada en algo que no fuera el sexo?

Admiraba su autocontrol y, mientras Oliver y ella se acostumbraban a su nueva vida en el palacio, cada día encontraba algo nuevo que admirar en Za'daq.

Ashraf le enseñó la ciudad, con pintorescos edificios, calles estrechas y patios escondidos. Fueron a mercados donde vendían alfombras, joyas, perfumes y especias con todos los colores del desierto. También visitaron una galería de arte, un parque tecnológico, un jardín público lleno de familias que comían al sol y un espectacular cañón donde anidaba una raza de águilas autóctonas.

Conoció a nómadas del desierto, mercaderes, líderes regionales. Fueran donde fueran, todos eran amables y respetuosos con ella y, poco a poco, la inquietud de estar en un país extranjero desapareció.

Ese día, Ashraf la llevó a una subasta de caballos a la que habían acudido criadores de todo el país y se quedó sorprendida cuando lo vio montar. Tenía la gracia natural de un atleta y cuando galopaba era como ver a un centauro.

Era tarde cuando volvieron al palacio. El cristal tintado de la limusina los separaba del conductor y Tori deseó que la besase. Echaba de menos sus caricias, echaba de menos la intimidad. Su decisión de mantener las distancias empezaba a llenarla de aprensión.

–Ha sido muy amable por tu parte regalarme una yegua, pero no puedo aceptarla...

–Claro que puedes –la interrumpió él–. Me fijé en tu cara cuando viste la yegua. Ha sido amor a primera vista.

–Sí, es preciosa, pero necesita cuidados y puede que yo no esté aquí...

Ashraf levantó una mano con gesto serio.

–Es tuya, Tori. Si aceptas mi oferta y te casas conmigo, vivirá en los establos del palacio. Si vuelves a Australia, te la enviaré por avión y me encargaré de que tenga el mejor establo de Perth.

Era la primera vez que hablaba sobre su posible regreso a Australia, pero en lugar de verlo como una señal de que por fin había entrado en razón, Tori se sintió decepcionada. Aunque era absurdo. En realidad, se agarraba a la determinación de no casarse con él por obstinación más que nada. Pero casarse sin amor...

El sonido de su móvil interrumpió esos pensamientos. Frunciendo el ceño, Tori lo sacó del bolso. Se mantenía en contacto con sus amigos a través de las redes sociales, pero no esperaba ninguna llamada.

–¿Victoria?

Era la voz de su padre y, por su tono, no estaba contento.

–Hola, papá. Ahora mismo no puedo hablar...

–¿A qué estás jugando? –la interrumpió su padre–. ¿Por qué he tenido que enterarme por un diplomático de que vives en Za'daq? La prensa australiana ha empezado a especular y no tardarán mucho en conocer la historia. ¿Y qué voy a decirles entonces?

Tori apretó los labios, encogiéndose a pesar de los años que había pasado convenciéndose a sí misma de que ella no era responsable del egoísmo y el mal carácter de su padre.

Ashraf la miraba fijamente y, por un momento, pensó cortar la comunicación, pero su padre volvería a llamar, más furioso aún.

—Te dije que venía a Za'daq con Oliver.

—¡Pero no me dijiste que ibas a vivir en el palacio! Ni siquiera mencionaste que conocieses al rey. ¿Estás intentando ponerme en ridículo?

—No, papá —respondió ella, armándose de paciencia—. No estaba pensando en ti cuando acepté venir a Za'daq.

—¡Pues deberías haberlo hecho! Tú sabes que se acercan las elecciones. De haber sabido que tenías un contacto personal en Za'daq podríamos haber presionado para conseguir derechos exclusivos para la explotación de esa mina de diamantes...

Tori sintió una oleada de náuseas. Su padre había descubierto su relación con un extraño al otro lado del mundo y su primer pensamiento era qué decirle a la prensa, el segundo cómo sacar provecho de esa relación.

Debería estar acostumbrada, pero seguía asombrándole que fuese tan increíblemente egoísta. No le había preguntado cómo estaba, no había preguntado por Oliver. ¿Cómo podía seguir haciéndole tanto daño?

—Papá, no puedo hablar ahora...

—¿Por qué? ¿No estás sola? ¿Está él ahí?

Tori iba a cortar la comunicación cuando Ashraf le quitó el teléfono de la mano.

—¿Te importa? —le preguntó.

—No, yo...

Ashraf se mostró diplomático, pero firme, dejando

claro que su relación era privada y asegurándole que Oliver y ella estaban perfectamente.

El tono de su padre se había vuelto afable, casi obsequioso. Tori puso los ojos en blanco. Pensaba que podría utilizar la situación para su provecho, estaba claro.

Poco después, Ashraf cortó la comunicación y le devolvió el móvil.

—Está preocupado por ti.

—¿Preocupado por mí? —repitió ella, incrédula—. Lo único que le preocupa es que lo avergüence públicamente.

—¿No tenéis buena relación?

—Es imposible tener buena relación con él, pero prefiero no hablar de mi padre.

Ashraf asintió con la cabeza. Tampoco a él le gustaba Jack Nilsson, que solo estaba interesado en hablar de los fuertes lazos entre los dos países. Su preocupación por Tori y Oliver era superficial.

—Prefiero estar preparado —dijo Ashraf—. Ha mencionado un acuerdo matrimonial.

Tori abrió los ojos como platos.

—¿Qué? Yo no he mencionado el matrimonio y tú tampoco.

Él se encogió de hombros.

—En cualquier caso, tengo la impresión de que pronto llamará a mi oficina.

—Lo siento mucho. Yo nunca…

—No tienes nada de qué preocuparte.

Tori dejó escapar un suspiro.

—Es un egocéntrico —dijo por fin—. Se casó con mi madre por dinero y porque su familia tenía contactos políticos. Nunca estuvo interesado en nosotras salvo para hacerse las fotografías de rigor. Supuestamente, éramos una familia ideal, pero solo de cara a la galería, para impresionar a sus votantes.

Ashraf notó el dolor en su voz y juró que Jack Nilsson aprendería a respetar a su hija.

—¿Y tu madre?

—Mi madre era maravillosa, nos queríamos mucho. Mi padre, en cambio, tenía otras prioridades.

Y su familia no era una prioridad, pensó Ashraf. Odiaba que Tori hubiese tenido que sufrir a un padre así, pero eso debería hacerla más dispuesta a crear una familia de verdad para Oliver.

—Lo único que le importa es lo que piensen los demás —siguió Tori—. Yo quería jugar al futbol, pero a él no le parecía un deporte de chicas, así que tuve que aprender a tocar el piano. De niña no podía mancharme la ropa o ser vista en público despeinada —agregó, sacudiendo la cabeza—. Yo conocía a las hijas de otros políticos y no las trataban así, pero mi padre me veía como una extensión de sí mismo. Solo importaban las apariencias, no éramos una familia de verdad. Solo le servíamos como peones para manipular a la opinión pública y, al final, eso destruyó a mi madre. Se quedó con él por mí. Pensaba que tener una familia era mejor que no tenerla, pero yo sé que hubiéramos sido más felices las dos solas, sin él.

Ashraf empezaba a entender muchas cosas. ¿Veía Tori paralelismos entre su proposición de matrimonio por Oliver y la relación de sus padres? ¿Comparaba los motivos de su padre con los suyos?

—¿Incluso ahora intenta controlar tu vida?

Ella esbozó una amarga sonrisa.

—Me rebelé cuando mi madre murió y me fui a la universidad. Él quería que estudiase Derecho y siguiera sus pasos.

–Pero elegiste Geología. Un acto de rebeldía y una oportunidad de ensuciarte la ropa.

–Podrías tener razón –admitió Tori–. Aunque también me dio la oportunidad de alejarme de él.

–¿Le pediste ayuda cuando descubriste que estabas embarazada?

Le parecía raro que se hubiera mudado al otro lado del país. Sin apoyo de su familia, las cosas debían haber sido muy difíciles para ella.

–Le conté lo que había pasado y él me dijo que interrumpiese el embarazo. Decía que no ganaba nada teniendo un hijo y que sería difícil encontrar otro hombre que quisiera casarse conmigo.

–Tal vez pensó que sería un recordatorio permanente de lo que había pasado en Za'daq…

–¡No intentes disculparlo! –lo interrumpió ella, levantando la voz–. Nunca le ha interesado mi bienestar. Ni siquiera quería que fuera al psicólogo por si la prensa se enteraba. Según él, mi comportamiento había sido reprochable y no tenía el menor interés en Oliver.

Ashraf intentó disimular su indignación. Tori estaba traumatizada y lo único que había hecho su padre era sugerir que se librase del bebé. Sabía por su expresión que había dicho más cosas. ¿La habría culpado a ella por lo que pasó?

Furioso, apretó los puños. Jack Nilsson se había atrevido a hablar de acuerdos matrimoniales cuando no había tenido la decencia de cuidar de su propia hija.

–En ese caso, serás más feliz sin él. Y, mientras estés en Za'daq, te aseguro que no tendrás que soportarlo.

–Gracias –murmuró ella.

Ashraf se alegraba de que Jack Nilsson estuviese al otro lado del mundo. Él no era un hombre violento, pero podría hacer una excepción.

Era lógico que Tori fuese tan cauta sobre el matrimonio, pensó entonces. Tal vez pensaba que era como su padre.

–Te doy mi palabra de que yo no soy como tu padre.

–Lo sé –dijo ella, esbozando una sonrisa triste.

Le rompía el corazón verla así. Estaba acostumbrado a verla desafiante, fuerte e independiente.

–Te prometo que, si nos casamos, me dedicaré a ti y a nuestro hijo en cuerpo y alma –le dijo con tono solemne–. Ser el jeque de Za'daq es un privilegio y un honor, pero yo sé que la familia es más importante que el poder y el prestigio.

¿Cómo no iba a saberlo cuando habría dado cualquier cosa por tener un átomo del amor de su padre o un recuerdo de la ternura de su madre?

–Mi familia será lo más importante de mi vida –agregó–. Te doy mi palabra.

Capítulo 12

CUATRO días después, Tori seguía dándole vueltas a las palabras de Ashraf. Recordaba su solemnidad, su convicción, su afecto. Lo había visto en el brillo de sus ojos, en el roce de su mano.

Tori se mordió los labios. La hacía sentir especial y nunca se había sentido especial salvo para su madre.

Si creía en sus palabras.

Eso no era justo. Claro que creía a Ashraf. Sabía que sus intenciones eran buenas, pero también sabía que sería un matrimonio sin amor. Porque, a pesar de la emoción que había en sus palabras, era imposible creer que Ashraf se hubiese enamorado de ella.

Y, sin amor, ¿cómo iba a comprometerse al matrimonio?

Ella sabía lo que la falta de amor le hacía a una familia, pero Ashraf no era su padre.

—¿Por qué tardas tanto, Tori? ¿Necesitas ayuda con la cremallera?

La voz de Aiza al otro lado de la puerta la devolvió al presente y parpadeó, mirándose al espejo. Hacía mucho tiempo que no se arreglaba y apenas se reconocía. Y nunca había estado tan guapa, tuvo que admitir.

—Salgo enseguida —respondió, pasando las manos por el terciopelo negro del vestido, tan suave como la voz de Ashraf cuando hacían el amor…

En lugar de hacer su vida más fácil, la abstinencia la tenía frustrada y el deseo era más fuerte cada día. Especialmente sabiendo que Ashraf dormía en la habitación contigua.

Pero no podía seguir pensando en eso o haría el ridículo en la recepción, de modo que salió del dormitorio, con la larga falda del vestido rozando el suelo.

Azia esperaba en el salón, guapísima con su vestido de color verde lima, en contraste con su pelo y ojos oscuros.

—Date la vuelta —le pidió su amiga—. Te queda perfecto. Vas a dejar de piedra a todo el mundo.

—Eso es lo que me temo —Tori hizo una mueca—. ¿Seguro que no es demasiado?

—¿Por qué? Eres la invitada de honor de uno de los hombres más ricos del planeta.

—Las lentejuelas son tan llamativas. Aunque me encanta el bordado de plata, es precioso. ¿Pero no es demasiado revelador?

La diseñadora era de Za'daq, de modo que debía conocer las costumbres, pero los finos tirantes de plata en los hombros dejaban mucha piel al descubierto.

—A mí me parece precioso —insistió Azia.

—Y lo es.

Si no estuviera tan nerviosa se sentiría como Cenicienta a punto de ir al baile. Nunca había tenido un vestido tan elegante o que la hiciese sentir tan guapa.

—Estoy deseando ver la expresión de Ashraf cuando aparezcas.

Tori se puso colorada, pero su amiga, bendita fuera, fingió no darse cuenta.

—Espero que le guste.

—Me alegro de que eligieras el negro en lugar del

rojo, aunque puedes ponerte el rojo en la próxima recepción. O tal vez ese azul tan bonito que nos enseñó.

Tori esbozó una sonrisa. ¿Habría una próxima vez?
Ashraf había hablado de enviar su yegua a Australia y
no había vuelto a mencionar el matrimonio. Tal vez se
había cansado de esperar, pero volver a Australia no
la atraía. ¿Estaba acostumbrándose a esa vida de lujos? No, más bien estaba acostumbrándose a la presencia de Ashraf.

Cuanto más tiempo pasaban juntos, más difícil era
imaginar que algún día volvería a su vida anterior.
Aunque fuera por su propio bien.

Poco después sonó un golpecito en la puerta y Azia
hizo una reverencia.

–Majestad.

Era Ashraf, tan elegante y apuesto que a Tori se le
encogió el estómago. Había esperado que llevase una
túnica tradicional esa noche, pero llevaba un soberbio
esmoquin que destacaba sus anchos hombros y una
camisa blanca que acentuaba el bronceado de su piel.

–¿Majestad? ¿Por qué un trato tan formal?

Azia sonrió con timidez.

–Estoy practicando las reverencias para esta noche. Me han dicho que aún no lo hago bien.

–No sé quién puede haber dicho eso. No hagas
caso, yo prefiero una sonrisa genuina que una reverencia –Ashraf hizo una pausa–. Como prefiero tu
cordero al limón con arroz *pilaf* que un banquete de
diez platos.

–Entonces, debe venir a cenar a casa lo antes posible –se apresuró a decir ella–. Pero será mejor que me
vaya. Mi marido estará preguntándose dónde me he
metido. Nos vemos luego, Tori.

Cuando Azia desapareció, Ashraf cerró la puerta.

Y allí estaba de nuevo esa sensación, como si le faltase oxígeno. Debería estar acostumbrada, pero la familiaridad no aliviaba el impacto de la presencia de Ashraf, al contrario.

—Victoria, estás magnífica.

Tori intentó sonreír.

—Gracias, tú también. Aunque esperaba verte con una túnica tradicional.

—Está bien mezclar. Un cambio en la tradición y la formalidad de la Corte puede ser útil de vez en cuando. Algunos de los cortesanos de más edad tuercen el gesto cuando alguien se salta las normas, pero tendrán que aprender.

Tori sabía que Ashraf era capaz de hacer esos cambios porque no era altivo ni clasista. Azia le había contado cómo había conocido a su marido, que era prácticamente un mendigo, hijo de una sirvienta y un extranjero que la dejó abandonada. Bram era considerado un paria y, mientras hacían el servicio militar, Ashraf lo había salvado de una brutal paliza. Bram aún tenía las cicatrices del ataque, pero se habían hecho amigos desde entonces.

Tori parpadeó cuando Ashraf sacó algo del bolsillo, una bolsita de cuero.

—Eso no será…

—Para que te los pongas esta noche —la interrumpió él, sacando unos pendientes fabulosos.

—¿Son de…?

—Diamantes y obsidianas.

Los diamantes tenían un corte exquisito y las lágrimas de obsidiana negra eran impecables.

—Nunca había visto nada igual.

Normalmente, ella veía las gemas en estado puro, pero sabía que eran únicas y seguramente carísimas.

Aunque lo que importaba no era su valor monetario sino la expresión de Ashraf mientras se los ofrecía.

–¿Te gustan? –le preguntó Ashraf, un poco avergonzado de sí mismo.

Parecía un jovenzuelo enamorado suspirando por la admiración de una chica, pero sabía que Tori empezaba a ver la sensatez de sus argumentos. Además, su mirada hambrienta cuando entró en la habitación había sido incendiaria.

–Son preciosos, pero no puedo…

–Claro que puedes. Y me complacería mucho que te los pusieras esta noche –Ashraf hizo una pausa–. Azia se llevará una desilusión si no lo haces.

–En ese caso, gracias.

La vio remplazar sus sencillos aros de plata por los nuevos pendiente y, cuando se dio la vuelta, el pulso de Ashraf se aceleró.

Suya. Su magnífica Victoria.

Sería suya y pronto. No solo porque fuese la madre de su hijo sino porque nunca había deseado tanto a otra mujer.

El vestido negro, con su bordado de plata, brillaba como el insondable cielo nocturno en un desierto lleno de estrellas. Preferiría pasar la noche con Tori que soportar una recepción con cientos de invitados y sería fácil convencerla para ir a la cama…

Pero tenía un deber que cumplir. Si se casaban, ella formaría parte de la Corte y tenía que acostumbrarse. Solo esperaba que los viejos cortesanos, los partidarios de su padre, no la aterrorizasen.

Como esperaba, su llegada al salón de recepciones despertó murmullos. Los partidarios de su padre enarcaron las cejas en un gesto de desaprobación y las matronas, que habían empujado a sus hijas solteras en su dirección desde que ascendió al trono, apenas escondieron su disgusto.

Ashraf los miraba, impertérrito desde su superior estatura. Tori era su invitada y cuando contrajesen matrimonio todos tendrían que aceptarlo.

Ninguno de ellos tenía valor para decir en voz alta lo que pensaba, que la mujer que iba de su brazo no era una aristócrata de Za'daq, que estaba tocándola en público, que se había saltado las tradiciones llevando el esmoquin.

Soportarían todo eso porque hasta el más retrógrado había empezado a ver los beneficios de sus iniciativas políticas, pero los cambios en las tradiciones del palacio serían juzgados duramente. Ya había críticas porque había sido visto tomando la mano de Tori en un bazar.

Pero su país estaba cambiando y Ashraf disfrutó más de lo habitual porque, aparte de los aburridos dignatarios de la Corte, en la recepción había periodistas extranjeros y antiguos amigos del ejército. Además, había visto las proezas de los jinetes, arqueros y acróbatas a través de los ojos de Tori, que parecía entusiasmada.

Mientras charlaba con un oficial que había sido compañero suyo, antes de que su padre acortase su carrera militar, indignado al ver que el despreciado hijo sobresalía en algo, vio a Tori charlando con un grupo de gente. En ese momento, el irascible ministro del Interior y su altiva esposa se acercaron al grupo y provocaron una pequeña conmoción. Vio que Azia se ponía colorada, pero Tori replicó con gesto digno y después les dio la espalda para seguir charlando con una mujer morena a la que Ashraf no conocía.

Sorprendido, se acercó al grupo y todos los ojos se

volvieron hacia él. El ministro iba a decir algo, pero ella se adelantó.

—Majestad —lo saludó, con expresión serena—. Creo que no conoce a Alison Drake, la nueva embajadora americana. Alison, te presento a Su Majestad, el jeque Ashraf ibn Kahul al Rashid.

No le sorprendió que recordase su nombre completo. Al fin y al cabo, se había pasado la vida al lado de su padre en funciones oficiales.

—Encantado de conocerla, señora Drake —dijo Ashraf, estrechando su mano—. Pensé que llegaría mañana.

—Es un placer, Majestad. Aún no he presentado mis credenciales de forma oficial, pero no quería perderme esta recepción.

—Es un placer darle la bienvenida a Za'daq. Dejaremos las formalidades para mañana y, mientras tanto, espero que lo esté pasando bien.

—Desde luego —respondió la embajadora—. He recibido una cálida bienvenida en su país.

Ashraf notó que miraba de soslayo al ministro y que Azia se mordía los labios para contener la risa.

—Ministro, su esposa parece cansada —dijo entonces con una sonrisa—. Tiene permiso para marcharse. Hablaremos mañana.

Horas después, por fin se quedó a solas con Tori. Los invitados se habían ido y los empleados habían cerrado las puertas del palacio. Estaban mirando los fuegos artificiales que iluminaban el cielo, pero en realidad solo podía verla a ella. Nunca había visto nada más hermoso. La conexión que había entre ellos invisible, pero fuerte como el sol del desierto y esa noche, por primera vez en una semana, se atrevía a esperar que ella sintiera lo mismo. Sus cálidas sonrisas, su complicidad, la efervescencia en su sangre cuando sus ojos se encontraban, todo eso tenía que significar algo.

Tori no se había dejado asustar por la pompa real; al contrario, había brillado con luz propia. Se había mostrado encantadora e interesada por todo el mundo.

—Has estado magnífica esta noche –murmuró, tomando su mano.

Ella esbozó una sonrisa.

—Tú también.

—¿Qué ha sido esa escenita con el ministro del Interior?

—¿Te has dado cuenta?

—Claro que sí, pero lo has manejado muy bien. Cuéntame qué te ha dicho.

Tori suspiró.

—No sabía quién era Alison. Nos vio charlando y pensó que era una amiga mía o de Azia, alguien sin importancia, así que hizo un comentario despectivo sobre los invitados a la recepción. Según él, no se habían respetado las normas de la Corte y la fiesta estaba llena de tenderos y…. otros indeseables. Sugirió que nos fuéramos porque debíamos sentirnos fuera de lugar.

Ashraf entendió la referencia a los «tenderos» porque los padres de Azia tenían una tienda en el bazar, pero eso de «otros indeseables»…

—Cuéntame qué ha dicho exactamente.

—Da igual, no lo recuerdo. Perdió su aire de superioridad cuando mencioné lo amables y acogedores que eran la mayoría de los ciudadanos de Za'daq. Luego le presenté a la embajadora y Alison le contó que sus padres tenían una tienda en Estados Unidos.

A pesar de su enfado, Ashraf tuvo que reír. La hospitalidad era algo de lo que los ciudadanos de Za'daq se sentían orgullosos y el ministro se habría sentido vejado por su propia grosería.

—Me gusta mucho tu amiga Alison. En cualquier caso, quiero que sepas…

Tori puso un dedo sobre sus labios y su corazón se aceleró. ¿Cómo había podido mantener las distancias durante toda una semana?

—Prefiero olvidarme del ministro. Es un grosero, pero tú ya lo sabes. No dejes que estropee una noche maravillosa.

Ashraf besó la palma de su mano y Tori, mirando ese rostro tan querido, tuvo que tragar saliva. Siempre se había enorgullecido de su disposición para enfrentarse con la realidad, por desagradable que fuese, pero ahora sabía que se había escondido.

Por extraño que pareciese, estaba enamorada de Ashraf al Rashid. Enamorada. No era solo deseo. No era solo admiración por lo que estaba haciendo por su gente y por su dedicación a Oliver.

Estaba enamorada.

Completamente.

¿Se había resistido a su proposición de matrimonio porque no quería comprometerse hasta que supiera que él sentía lo mismo?

Amar a Ashraf, pero no tener su amor la aterrorizaba, pero esa noche no podía esconder sus sentimientos.

Si el secuestro le había enseñado algo era que debía vivir el momento porque uno nunca sabía qué iba a pasar al día siguiente o si tendría otra oportunidad de hacer lo que debía hacer, lo que era importante.

Y lo más importante eran Oliver y Ashraf.

—Estás muy pensativa, Victoria.

Cuando la tomó por la cintura, pensó que era allí donde quería estar. Allí y en ningún otro sitio. Pero, además del deseo, reconoció una profunda sensación de felicidad.

Vivir con Ashraf sería una experiencia nueva y tal vez difícil, pero no podía negarse al amor.

—He tomado una decisión.

—No dejes que un fanático…

—No me refiero a eso —Tori se puso de puntillas para silenciarlo con sus labios.

Cuánto anhelaba aquel beso. Se sentía segura entre sus brazos, y no porque necesitase protección sino porque Ashraf la hacía sentir como ningún otro hombre. Porque lo amaba.

—Si la oferta sigue en pie, me casaré contigo.

Por un momento pensó que él no la había oído. O que no lo había dicho en voz alta, pero entonces, para su asombro, Ashraf clavó una rodilla en el suelo y tomó sus manos para besar primero una y luego la otra. No con pasión sino con reverencia y con la antigua cortesía de un mundo de guerreros y hermosas doncellas.

—Te doy mi palabra de que no lo lamentarás, Victoria —le prometió con tono solemne—. Haré todo lo que esté en mi mano para que seas feliz. Te apoyaré en todo y cuidaré de ti y de nuestra familia para siempre.

Tori acalló la vocecita que le decía que eso no era amor, que las posibilidades de que Ashraf la amase algún día eran escasas porque había crecido sin amor. Que quisiera a Oliver era suficiente por el momento. Tenía que serlo y tal vez con el tiempo…

Dejó de pensar cuando Ashraf se incorporó y la tomó en brazos.

—Gracias, Tori —murmuró, dirigiéndose a la puerta.

–¿Dónde me llevas? –le preguntó ella, riendo.

Como si no lo supiera.

–A la cama, para demostrarte lo maravilloso que puede ser nuestro matrimonio.

¿Porque temía que cambiase de opinión? No, había tomado una decisión firme. No esperaría algo imposible. Aceptaría lo que Ashraf le ofrecía y se contentaría con eso.

Ella no creía en cuentos de hadas.

Capítulo 13

ASHRAF hervía de indignación mientras entraba en su despacho. Se sentía satisfecho después de pedir la dimisión del ministro del Interior, pero no era suficiente.

–¿La reunión ha ido bien? –le preguntó Bram.

–Como había esperado. Ahora tenemos un puesto vacante en el Ministerio del Interior –respondió Ashraf.

Y un ministro ofendido, atónito. El viejo se había creído intocable.

–Estupendo. El Consejo funcionará mejor sin él.

Ashraf metió las manos en los bolsillos del pantalón.

–Esperaba que me aconsejases paciencia.

Bram se encogió de hombros.

–Le has dado muchas oportunidades y te has puesto en contra a la vieja guardia, pero era un desastre. Solo servía para retrasar las reformas.

Ashraf enarcó una ceja. Bram estaba siendo sorprendentemente sincero ese día.

–¿Qué ha pasado?

Algo había provocado esa actitud.

Su secretario personal señaló el ordenador.

–Los informes de prensa son peores de lo que habíamos pensado. Han conseguido una fotografía de Tori y Oliver en Australia… y empiezan a especular sobre la paternidad del niño.

Ashraf se pasó una mano por el pelo. Él había querido legitimar a Oliver antes de la boda, pero Tori quería que lo hiciese al mismo tiempo.

–Muy bien, entonces lo saben.

–Eso no es todo –dijo Bram entonces–. Algunos miembros del Consejo han oído rumores sobre Oliver y saben que te has mudado a la otra zona del palacio para estar con Tori.

–¿Y bien?

–Insisten en que rompas tu relación con Tori… o abdiques.

–Como si tuvieran poder para exigir algo. A ver si adivino quiénes son.

Ashraf dijo unos nombres, todos amigos del ministro despedido, y Bram asintió.

–Amenazan con hablar con Karim y pedirle que asuma el trono.

Ashraf apretó los dientes. Lo último que Karim quería era una delegación de carcamales molestándolo.

–Karim renunció al trono y no va a cambiar de opinión.

Solo su hermano y él sabían las razones para su renuncia. La prueba que se hicieron para la posible donación de médula había revelado que Karim, no Ashraf, era el hijo ilegítimo, el hijo de otro hombre.

Ashraf siempre había pensado que eso había precipitado la muerte de su padre. La revelación de que el hijo al que había cuidado, su heredero, no era de su sangre sino su despreciado hijo menor.

Karim había acudido al funeral y se había quedado para ver la coronación, pero después se había ido de Za'daq. Y no tenía planes de regresar.

–¿Eso es todo?

–No, me temo que han publicado un artículo muy desagradable sobre Tori. Habla sobre su trabajo en zonas aisladas, a menudo como la única mujer del equipo, y hacen insinuaciones…

Ashraf empezaba a verlo todo rojo.

–Ya imagino. ¿De dónde ha salido ese artículo?

Bram mencionó el nombre de un periódico que pertenecía a un amigo del ministro del Interior.

–Llama al departamento jurídico y diles que preparen una demanda por difamación.

Iba a cortar aquello inmediatamente, antes de que llegase a oídos de Tori.

Pero por la tarde, su indignación se convirtió en ira cuando los abogados le dijeron que no podían demandar. Irónicamente, si Tori fuese ciudadana de Za'daq, o si estuviese casada con él, ese artículo podría haber sido censurado y el periódico cerrado, pero era una extrajera y la situación era menos clara.

Ashraf estaba acostumbrado a que la gente pensara lo peor de él, pero que insultasen a Tori y que él no pudiese evitarlo lo sacaba de sus casillas.

Paseó por el despacho, intentando encontrar una solución y sin encontrar ninguna. O respetaba las leyes que él mismo había introducido, permitiendo la libertad de prensa, o renunciaba a la pretensión de ser algo más que un tirano, destruyendo así el duro trabajo de esos dos años.

Estaba atrapado entre sus reformas y su incapacidad de proteger a Tori.

Aquella maravillosa mujer ya había sufrido demasiado. Por fin, generosamente, había aceptado casarse con él… por su hijo. Había aceptado un matrimonio sin amor, aunque no era lo que ella quería. Había aceptado vivir en un país extranjero, bajo escrutinio constante. Él le había prometido que no lamentaría su decisión y ahora… ¿cómo podía pedirle eso?

La respuesta era simple y terrible.

No podía hacerlo.

Tori estaba sentada en el suelo del salón, enseñando a andar a Oliver, que daba unos pasitos antes de caer sobre un almohadón, riendo.

–Llegas temprano –le dijo, esbozando una alegre sonrisa.

Llevaba todo el día preguntándose si había hecho bien al aceptar casarse con él y, al final, había dejado de hacerse preguntas porque era la única opción si quería estar con el hombre al que amaba.

Además, la felicidad que sentía al mirarlo le decía que había tomado la decisión acertada. Mejor amar que darle la espalda a la posibilidad de ser feliz.

–Hola, pequeñajo –dijo Ashraf, tomando al niño en brazos.

Como siempre, verlos juntos la emocionaba. Y la emoción era más potente después de haber pasado la noche haciendo el amor con Ashraf. Se decía a sí misma que estaba más sensible por la falta de sueño.

«Y porque al fin has admitido que estás loca por él».

–Tenemos que hablar –dijo Ashraf entonces.

Ocurría algo grave. Lo veía en su seria expresión.

–Sí, claro. Voy a llamar a la niñera –dijo Tori, levantándose.

–Ya la he llamado. Ah, aquí está –Ashraf besó al niño en la mejilla, dejando que jugase con su pelo mientras le hablaba en su idioma, antes de dárselo a la niñera.

Por fin, se quedaron solos, pero no la abrazó, ni siquiera tomó su mano, aunque esa mañana, cuando se despidieron, no quería marcharse. Tal vez aprendería a amarla algún día, pensó Tori, pero en ese momento no la miraba siquiera. Estaba mirando por la ventana con el ceño fruncido.

–¿Qué ocurre? –le preguntó, poniendo una mano en su brazo.

Él se dio la vuelta, pero no la tocó. Metió las manos en los bolsillos del pantalón, con los hombros caídos. Nunca lo había visto así.

–Vamos a sentarnos un momento, por favor.

Tori tragó saliva, plantando los pies en el suelo.

–Estoy bien aquí –le dijo. Si era una mala noticia, prefería recibirla de pie–. ¿Se trata de mi padre?

–No, no es eso. No he recibido noticias de Australia.

Ella dejó escapar un suspiro de alivio. No le gustaba su padre, pero no quería que le pasara nada.

–¿Entonces se trata de Za'daq?

Ashraf tomó su mano y la miró a los ojos.

–Siempre serás un tesoro para mí, Victoria. Y que aceptases casarte conmigo es el mejor regalo que me han hecho nunca.

–¿Qué quieres decir? –murmuró Tori, sintiendo un escalofrío.

–Tengo que liberarte de esa promesa.

Ella dio un paso atrás.

–¿Ya no quieres casarte conmigo?

En otro momento, en otro lugar, se habría avergonzado de ese tono tan inseguro, pero así era como se sentía. Insegura, frágil, como si hubiera perdido el equilibrio.

Ashraf estaba rompiéndole el corazón. Su tonto

corazón, que le había abierto sin pensar en las consecuencias.

–Lo siento, pero es lo mejor –se disculpó él–. He sido un egoísta por pedirte que renunciases a tu vida por mí. Ahora me doy cuenta. Como tú misma has dicho muchas veces, Oliver seguirá teniendo una familia aunque vivamos separados.

Vivir separados.

Tori se llevó una mano al corazón. No la quería en su país.

–Eso no es suficiente. Quiero una explicación.

–¿Perdona?

Al parecer, Ashraf había esperado que aceptase el decreto sin protestar. No era tan liberal como había imaginado. Tantas generaciones de gobernantes absolutos habían dejado una marca.

–Si vas a dejarme plantada, al menos tendrás que darme una explicación razonable.

Ashraf se irguió un poco más, imponente y rígido como el soldado que había sido. O un déspota mirando a un ser inferior.

–Debería haber empezado pidiéndote disculpas por cambiar de opinión.

¿Había cambiado de opinión así, de repente?

Tori sacudió la cabeza, abrazándose a sí misma para contener la sensación de vacío que amenazaba con tragársela.

–Necesito saber por qué. ¿Hay otra persona? ¿Has encontrado una esposa más adecuada?

–¡Claro que no! –exclamó él, mirándola como si lo hubiera insultado.

–Esta mañana, en mi cama, eras feliz. ¿Qué ha cambiado de repente, en unas horas?

Él giró la cabeza y Tori empezó a preguntarse si el

hombre cariñoso del que se había enamorado habría sido una ilusión.

—Tienes razón, mereces saberlo —Ashraf hizo una pausa para tomar aire—. Han publicado un artículo sobre ti y sobre Oliver en el periódico de uno de mis oponentes… es muy desagradable. Tengo que detenerlo.

—Ya veo.

Por su expresión, estaba claro lo importante que era aquello para él. Tori pensó en sus pasados escándalos. Sabía que no había sido aceptado por las élites del país, que tenía que luchar a diario para conseguir apoyo para sus políticas de modernización.

¿Tan precaria sería su situación? Al parecer, así era. Y también la corona que debía heredar Oliver. Querría decirle que no le importaba, que su hijo podía sobrevivir sin un título real, pero importaba. Aquella era la herencia de Ashraf y había trabajado toda su vida para demostrar que estaba a la altura. Desde que se convirtió en jeque había trabajado más que sus predecesores para mejorar el país. Aquel era su destino, su propósito en la vida.

Pero el hombre al que amaba estaba rechazándola porque su gente creía que ella no era lo bastante buena para estar a su lado.

Capítulo 14

TORI se dio media vuelta para acercarse a la ventana. Ashraf quería seguirla, abrazarla, pero no lo hizo. Si la tocaba, podía despedirse de sus buenas intenciones.

Tragó saliva, pero era como si se hubiese tragado toda la arena del desierto. Aquel era el precio que tendría que pagar por perder a la única mujer que le había importado en toda su vida. La única mujer a la que podía amar.

Porque la amaba. La amaba con tal devoción que tomar esa decisión era lo más difícil que había hecho nunca. Más que enfrentarse con la muerte a manos de Qadri.

¿Cómo iba a soportar el resto de su vida sin ella?

Pensar en decirle adiós hacía que su corazón se encogiese de tal modo que no podía respirar.

Pero tenía que protegerla. Con su habitual arrogancia, había pensado que se enfrentarían juntos a cualquier escándalo, que las críticas irían dirigidas a él, con su notorio pasado, y que Tori sería vista como una víctima de su vida licenciosa. No había imaginado que escribirían sobre ella como si fuera una...

Ashraf frunció el ceño. ¿Estaba llorando?

Tori estaba de espaldas, mirando el patio con la cabeza inclinada...

Un segundo después llegó a su lado. Levantó las manos, pero no se atrevió a tocarla.

–¿Estás bien?

Era una pregunta estúpida, por supuesto que no estaba bien. ¿Pero cómo podía consolarla?

–¿Eso importa?

–Es culpa mía, no debería haberlo permitido.

–¿Qué, sugerir que nos casásemos o haber tenido a Oliver? –le espetó ella–. No respondas. Evidentemente, lamentas ambas cosas.

–¡No! –Ashraf puso las manos sobre sus hombros, luchando contra el deseo de tomarla entre sus brazos por última vez–. No puedes pensar eso.

–Controlas muchas cosas, Ashraf, pero lo que yo piense no es una de ellas.

–Separarnos es lo mejor –dijo él. Y cuánto desearía que fuese de otro modo.

–¿Para quién? Para ti, no para Oliver o para mí –Tori se dio media vuelta para mirarlo.

Tenía los ojos empañados y, por primera vez, Ashraf se sintió como el fracasado que su padre lo había acusado de ser.

La única mujer en el mundo a la que quería proteger, la única a la que había amado nunca, y había destrozado su vida. Verla tan apenada, tan dolida, le partía el corazón.

–No mientas, Ashraf. No quieres arriesgar la corona por una mujer y un hijo bastardo. Es eso, ¿verdad?

Él se quedó en silencio, mirándola a los ojos. No podía responder a esa pregunta.

Sacudiendo la cabeza, Tori se dio la vuelta y entró en el dormitorio.

–No tardaré mucho en hacer el equipaje.

Eso era lo que Ashraf quería porque era lo mejor para Tori. Sin embargo, no podía dejarla ir. Era demasiado egoísta.

—¡Espera!

—No hay nada más que decir.

Pero sí había más que decir, tanto que no sabía por dónde empezar. Ashraf se colocó frente a la puerta, frustrando sus intentos de apartarlo.

—No se trata de proteger mi puesto, sino de protegerte a ti.

—No estás protegiéndome, estas echándome.

Su corazón, el órgano que durante tanto tiempo había estado inactivo, se aceleró ante esa voz cargada de angustia.

—Si no estás aquí, se concentrarán en mí, como han hecho siempre. Yo seré el objetivo de las críticas.

Tori lo miró en silencio durante tanto tiempo que Ashraf se preguntó si lo había oído. Pero, por fin, pestañeó como si acabara de despertar de un sueño.

—¿Los artículos no son sobre ti? Ah, ya veo, se trata de mí. Te hacen quedar mal y no puedes permitirte ese lujo.

Incapaz de controlarse, Ashraf la tomó del brazo.

—¿Cuántas veces tengo que decírtelo? Yo estoy acostumbrado a la mala prensa, es a ti a quien quiero proteger. No deberías tener que pasar por esto.

—¿Hablas en serio?

—¡Claro que sí!

Había levantado la voz, algo que no hacía nunca. Su padre solía gritar todo el tiempo, a él, a los criados, a objetos inanimados.

Otra señal de que estaba perdiendo el control.

—Cuéntame lo que dicen esos artículos.

Dejando escapar un suspiro, él se lo contó. Cuando

terminó, Tori estaba temblando y supo que había hecho bien en pedirle que se marchase.

–¿De verdad quieres que me vaya para que la prensa no hable mal de mí?

–No quiero que te vayas, pero debo pedírtelo…

–Me envías de vuelta a Australia, me pides que me aleje del hombre al que amo.

Ashraf se quedó inmóvil. Incluso su pulso se había ralentizado antes de lanzarse al galope. Tragó saliva y, en esa ocasión, la sensación de arena en la garganta fue remplazada por un nudo de emoción.

–No estás enamorada de mí.

Era imposible. Ni siquiera su madre, que había elegido escapar con su amante y dejarlo a merced de su padre, lo había querido.

–¿Por qué no?

Tori esbozó una temblorosa sonrisa y el corazón de Ashraf tembló dentro de su pecho. Sacudió la cabeza, incapaz de responder porque era demasiado arriesgado. Pero tal vez por primera vez en su vida tenía que abrirle su corazón a alguien, aunque eso lo hiciese vulnerable.

–Porque no he deseado nada más en toda mi vida y la vida me ha enseñado a no esperar ninguna bendición.

–Pobre hombre engañado.

Tori puso una mano en su mejilla y él tuvo que hacer un esfuerzo para respirar. Solo por un roce de su mano.

–He estado enamorada de ti desde el primer día.

–Eso es una locura. No me conocías.

–Era algo instintivo y todo lo que creía sobre ti ha resultado ser cierto –Tori frunció el ceño–. ¿De verdad crees que me voy a morir porque la prensa publique mentiras sobre mí?

–No tendrías que soportar algo así.

Ella levantó la barbilla.

–Tienes razón, no debería. Y estoy segura de que tú y tus abogados haréis todo lo posible para evitarlo. Pero si crees que van a asustarme unos cotilleos, estás muy equivocado. Yo trabajo en un mundo dominado por hombres y me he enfrentado con prejuicios e insinuaciones durante toda mi vida. Nunca he dejado que me afectasen y, desde luego, no voy a permitir que arruinen mi felicidad. Además, he aprendido un par de cosas de mi padre sobre lidiar con la prensa.

Ashraf la miraba, atónito por el coraje y el pragmatismo de su querida Tori. Sabía que era especial, pero no dejaba de sorprenderlo.

–¿Ash?

Que usara el diminutivo era más íntimo que el roce de su mano.

–¿Qué?

–¿Tú me quieres?

–Claro que sí. Y no quiero dejarte ir, nunca.

La abrazó, sin besarla, sencillamente apretándola contra su cuerpo, sintiendo los latidos de su corazón y la caricia de su aliento en el cuello.

Solo una vez se había sentido al borde de las lágrimas como en ese momento, cuando tenía cuatro años. Entonces solía jugar en el jardín de su madre porque la fragante rosaleda le recordaba una presencia perdida y consoladora, pero alguien le había hablado a su padre de esas visitas secretas y al día siguiente descubrió que habían arrancado todas las rosas. El jardín era un paisaje yermo.

Pero el palacio de Ashraf ya no era un paisaje yermo. Tenía a Tori, su amante, la mujer que pronto sería su esposa. Una heroína lo bastante fuerte como para soportar lo que la vida les pusiera por delante. Y también tenía a Oliver.

–Tú sabes que ya no podemos dar marcha atrás –le dijo, levantando su barbilla con un dedo para mirarla a los ojos–. Te quiero demasiado como para dejarte ir. Si te echas atrás antes de la boda, haré que cierren todas las fronteras…

–¿Me secuestrarás y me llevarás a un campamento secreto en el desierto? Me gusta cómo suena eso.

Su sonrisa era tan amplia, tan sincera. Al parecer, de vedad había superado el trauma del secuestro.

Ashraf inclinó la cabeza.

–Yo había planeado una luna de miel en una isla privada, peo si prefieres el desierto…

–Prefiero que me beses y me digas otra vez que me quieres –lo interrumpió Tori.

Él la miró, leyendo cosas maravillas en su preciosa sonrisa. Aquello era lo que anhelaba.

–Tus deseos son órdenes para mí –musitó sobre sus labios.

Epílogo

LA BODA duró varios días. Días largos, cargados de buenos deseos, suntuosas fiestas, música, banquetes y suficiente pompa como para convencer a Tori de que de verdad estaba casándose con un rey.

Cuando volvió al salón de recepciones después de arreglarse un poco encontró a Karim esperándola. Casi había temido conocer al hermano de Ashraf. Todo el mundo hablaba bien de él, pero se había preguntado si de verdad no querría la corona de Ashraf. Hasta que los dos hermanos le habían contado la historia y Karim le dio la bienvenida a la familia con genuina simpatía.

Sonrió con cierta melancolía mientras admitía que nunca había visto a Ashraf tan feliz, que ninguno de los dos había esperado encontrar el amor. Emocionada, ella lo había abrazado con cariño, provocando burlonas protestas de Ashraf y más abrazos torpes de Karim. Torpes, sospechaba, porque no estaba acostumbrado a muestras de emoción. No podía ser por falta de compañía femenina porque, a pesar de ser solo medio hermano de Ashraf, era casi igual de atractivo.

–¿Cómo estás? –le preguntó.

Tori esbozó una sonrisa.

–Bien, muy bien. Todo el mundo se muestra tan feliz por nosotros.

Los rumores habían cesado casi inmediatamente cuando los que desaprobaban al jeque fueron superados en número por los que veían a Ashraf como un gobernante extraordinario.

En cuanto al nacimiento de Oliver fuera del matrimonio, dejó de ser un problema cuando el compromiso se hizo público. Muchos ciudadanos veían su nacimiento como una prueba de la virilidad de Ashraf y les parecía algo natural que ella se hubiese enamorado locamente. Tori había descubierto que los ciudadanos de Za'daq tenían una vena muy romántica.

—Ashraf me ha enviado a buscarte —dijo Karim, ofreciéndole su brazo—. A menos que prefieras descansar.

Tori negó con la cabeza. Debería estar cansada, pero no se había sentido tan llena de energía en toda su vida.

—No me perdería esto por nada del mundo.

—Pero si no sabes lo que es.

Karim rio mientras se abrían paso entre la gente.

—Pues cuéntamelo.

Salieron al jardín, donde unas horas antes los mejores jinetes y arqueros del país habían hecho asombrosas proezas. El jardín del palacio se había llenado de gente. Había tantos invitados que era imposible contarlos, tantos que llegaban hasta la calle.

—¿De dónde han salido?

—De todas partes, de todo el país.

Tenía un aspecto magnífico con la túnica blanca bordada en oro mientras se acercaba para tomar su mano.

El corazón de Tori se derritió. Su Ashraf, su marido.

—No son dignatarios ni gente importante sino ciudadanos normales que han venido para desearos felicidad —le explicó Karim, poniendo una mano sobre el hombro de su hermano—. Lo estás haciendo bien, hermanito. Tu gente te quiere.

Ashraf se encogió de hombros, pero Tori vio que estaba conmovido.

–Hay una delegación del primer pueblo que visitamos, donde te regalaron el pañuelo.

Tori miró el pañuelo de colores, que se había puesto con el vestido verde azulado bordado en plata. En los últimos tres días había llevado todos los colores del arco iris y su alegría por los magníficos vestidos de novia solo era superada por la admiración en los ojos de Ashraf.

–¿A qué estamos esperando para saludar a la gente?

–Gracias, *habibti*. Será muy importante para ellos. ¿Tú también vienes, hermano?

–No, yo voy a lidiar con los aburridos dignatarios –respondió Karim, antes de volver al interior del palacio.

Ashraf la tomó por la cintura para llevarla hacia un grupo de gente.

–Me temo que esto alargará la celebración. ¿Seguro que no quieres descansar?

–No necesito descanso, tengo otras prioridades.

Él se detuvo para mirarla a los ojos.

–¿Te he dicho cuánto te quiero?

–Sí, me lo has dicho, pero nunca me cansaré de escucharlo.

–Y tú me quieres a mí –dijo Ashraf entonces, en voz alta para que lo oyese todo el mundo.

–Te quiero, amor mío.

La gente los vitoreó y, cuando Ashraf esbozó una sonrisa, Tori supo que se había embarcado en la aventura más maravillosa de su vida.

* * *

Podrás conocer la historia de Karim y Safiyah en el segundo libro de la miniserie *Esposas del desierto* del próximo mes titulado:

SU REINA DEL DESIERTO

Bianca

**Se suponía que el matrimonio
era solo de nombre...**

ENAMORADA DE
MI MARIDO

Kate Hewitt

Mis condiciones estaban claras: una lujosa casa en una isla griega a cambio de que Daisy se convirtiera en la señora de Matteo Dias.

¡Pero entonces mi esposa de conveniencia se presentó en un baile benéfico con una sorprendente propuesta!

Ella quería formar una familia, pero yo no podía darle amor. Aun así, me cautivó por completo y reclamar nuestra noche de bodas resultó un delicioso placer. Pero ¿sería capaz de convertirme en el marido que Daisy quería de verdad?

Acepte 2 de nuestras mejores novelas de amor GRATIS

¡Y reciba un regalo sorpresa!

Oferta especial de tiempo limitado

Rellene el cupón y envíelo a
Harlequin Reader Service®
3010 Walden Ave.
P.O. Box 1867
Buffalo, N.Y. 14240-1867

¡Si! Por favor, envíenme 2 novelas de amor de Harlequin (1 Bianca® y 1 Deseo®) gratis, más el regalo sorpresa. Luego remítanme 4 novelas nuevas todos los meses, las cuales recibiré mucho antes de que aparezcan en librerías, y factúrenme al bajo precio de $3,24 cada una, más $0,25 por envío e impuesto de ventas, si corresponde*. Este es el precio total, y es un ahorro de casi el 20% sobre el precio de portada. !Una oferta excelente! Entiendo que el hecho de aceptar estos libros y el regalo no me obliga en forma alguna a la compra de libros adicionales. Y también que puedo devolver cualquier envío y cancelar en cualquier momento. Aún si decido no comprar ningún otro libro de Harlequin, los 2 libros gratis y el regalo sorpresa son míos para siempre.

416 LBN DU7N

Nombre y apellido	(Por favor, letra de molde)

Dirección	Apartamento No.

Ciudad	Estado	Zona postal

Esta oferta se limita a un pedido por hogar y no está disponible para los subscriptores actuales de Deseo® y Bianca®.
*Los términos y precios quedan sujetos a cambios sin aviso previo.
Impuestos de ventas aplican en N.Y.

SPN-03